怠惰な悪役貴族の俺に、婚約破棄された悪役令嬢が嫁いだら最凶の夫婦になりました 2

メソポ・たみあ

illust. カリマリカ

TOブックス

CONTENTS

illust. カリマリカ　Design AFTERGLOW

CHARACTERS
レティシア・オードラン
アルバンを破滅に導くという
悪役令嬢だが、実際はよくできる
聡明な美女。好きなものは紅茶と
スコーン。夫のアルバンを信頼している。
アルバン・オードラン
ファンタジー小説の悪役モブで、
男爵家当主。妻のレティシアを
溺愛しており、彼女がらみのこと以外には
基本怠惰で関心がない。

Fクラスのみんな

シャノア・グレイン

レオニール・ハイラント

ファンタジー小説の正主人公。
本来はアルバンを決闘で破り破滅に
追いやるはずが"騎士【ナイト】"になると
誓いアルバンを慕っている。

ラキ・アザレア

エステル・アップルバリ

マティアス・ウルフ

ローエン・ステラジアン

カーラ・レクソン

イヴァン・スコティッシュ

串刺し公《スキュア》

第一章
悪役男爵とバロウ家

〝王《キング》〟の誕生

――俺とレティシアがFクラスに編入されてから、一ヵ月後。

「それでは、Fクラスの〝王《キング》〟はアルバン・オードランくんに決定ということで！」

パウラ先生がパチパチと拍手する。

さらに黒板には〝おめでとうアルバン・オードラン！！！〟とデカデカと書かれている。

「はい……面倒くせぇけどやります……」

あーあ、とうとう決まっちゃったよ。

まあ別にいいけど。

レティシアが推薦してくれた時から、腹は決まってたし。

――どういう経緯か知らないが、レティシア誘拐事件があった少し後、

『俺たちはお前を〝王《キング》〟と認める』

とマティアスから告げられた。

これはFクラスの総意であると。

そう言われたら、もう断る理由もない。

俺は大人しく、〝王《キング》〟とやらをやることにした。

クラス内が静かになるなら、それに越したことはないしな。

それはいい。

それはいいんだが……。

「でもさ……なんでソイツがまだ居るワケ？」

俺はさも当然のように席に着くイヴァンを睨みながら言う。

てっきりコイツは学園を去るものとばかり思っていた。

かの誇り高いスコティッシュ公爵家の人間が、王座争いに敗れたのだから。

イヴァンはフンと鼻を鳴らし、

「僕が居ては不都合だ、とでも言いたそうだな」

「不都合どころか不快だわ。そもそも、俺はお前を許してないんだからな」

だってコイツのせいでレティシアが危ない目に遭ったんだし。

殺していいと言われたら、今この場で殺せる。

いや、やっぱ殺しておこうかな。

またいつ俺らを陥れようとするかわからないから。

なんて思っていると、

「私が在籍を許したのよ」

後ろの席のレティシアが言った。

「え……レティシアが？」

「私たちとイヴァンをまとめて陥れようとした〝串刺し公《スキュア》〟とかいう謎の男……その手掛かりを握っているのは彼だけだから」

——ああ、そういうことか。

そういえば黒幕がいるんだっけ、今回の事件。

イヴァンを唆した仮面の男。

レティシアが捕まった倉庫には現れず、その行方は未だに掴めていない。

ゴロツキ集団のボスも正体を知らなかったみたいだし。

証言も曖昧で、尻尾が掴めるかは怪しい。

そんな〝串刺し公《スキュア》〟と直接会ったのはイヴァンだけ。

コイツを放逐したら、〝串刺し公《スキュア》〟を捜す手掛かりが失われるかもしれないのか。

ぶっちゃけモヤモヤとはするが、

「……レティシアがいいなら、俺はいい」

「そう言ってくれると助かる。僕もまだ、やり残したことがあるからな」

「やり残したこと？」

「ああ……キミたちへの罪滅ぼし、そして僕を陥れた〝串刺し公《スキュア》〟に一矢報いてやらねば、気が済まないのでね」

なんとも恨めしそうな顔で言うイヴァン。

……つまりは復讐か。

まあ気持ちはわからなくもない。

一応はイヴァンも陥れられた側だからな。

なるほど、私怨が交じるとなればまた裏切る可能性は低いだろう。

ま、一応警告はしておくか。

「……そうかい。言っておくが次はないぞ」

「理解している。……改めて、すまなかったな」

「はーい！　私語はそこまで！」

話の流れを戻すように、パウラ先生がパンパンと手を叩いた。

「今日から三年間、Fクラスはアルバンくんに絶対服従となります！　皆、〝王《キング》〟の命令には死んでも従ってくださいね！」

「思ったんだけど、俺が〝王《キング》〟ってことはパウラ先生も配下ってことになるのか？」

「いいえ！　私のことは〝王《キング》〟の上の〝皇帝《エンペラー》〟と思ってください！」

「あ、そう」

いやまあ、聞いてみただけだけど。

そりゃ先生が生徒の言いなりになっちゃ駄目だよな。

学級崩壊になっちゃうし。

「でも皆さんは凄いですよ！　AからEまでの各クラスは、現時点で最低でも一名以上の退学者を出していますから！」

「え？　そうなの？」

「はい！　退学者を一名も出さなかったのはFクラスだけです！　きっとアルバンくんのカリスマがあってこそですね！」

違うと思うが。

俺別にクラスに対してなんもしてないし。

どちらかというとレティシアのカリスマのお陰では？　と思ったり。

「これは教師陣が想定していなかった、本当に予想外&驚異的なことです！　ですので――なんとファウスト学園長が、直々に表彰をしてくださるそうですよ！」

▲　▲　▲

「……それでは、新校則の中にあって一名の退学者も出さなかったFクラスの団結力を讃え、これを賞する」

学園長室に呼ばれた俺たちFクラスのメンバー。

ファウスト学園長は表彰状を持ち、それを〝王《キング》〟である俺に贈呈する。

「おめでとう」

「はぁ……どうも……」

受け取る俺。

パチパチと拍手するパウラ先生。

ぶっちゃけこんな表彰のされ方しても、リアクションに困るというか、大して嬉しくないというか……。

それに表彰状なんて、一体いつの間に用意したのやら……。

「しかし驚いたぞ。まさかお主が退学者を出さぬまま〝王《キング》〟になろうとは」

「その言い方じゃ、まるで俺が〝王《キング》〟になること自体は想定してたみたいですが」

「一応な。何人退学者を出すかわからぬとも思っておったが」

おいこらジジイ。

アンタ人のことをなんだと思ってんだ。

俺がそんな問題児にでも見えるってか？

いやまあ、ファンタジー小説の中じゃ確かに大問題児だったけども。

それに学園に来た初日から試験官を叩きのめしたりもしたけどさぁ。

「……これもコインの裏が支えてくれているお陰、かのう」

チラリ、と目を動かしてファウスト学園長は言う。

その視線の先にいるのは、レティシアだ。

「ともかく、予想外の偉業を成し遂げたことは素直に祝福しよう。さ、これにて表彰式は閉幕じゃ」

「では皆さん、教室に戻りましょうか！」

パウラ先生が皆を連れ、学園長室を去ろうとする。

しかし、

「――ああ、すまん。やはりアルバン・オードランだけしばし残ってくれんか？」

「え？」

「二人きりで話がしたい」
・・・
なにやら意味深な言い方。

俺はチラッと顔を逸らすと、レティシアと目が合う。

「アルバン……」

「大丈夫だ。先に戻っててくれ」

俺が安心させるように言うと、レティシアも皆と一緒に部屋を後にする。

一人学園長室に残った俺は、

「……で、話ってなんです？」

「うむ……まずは先の事件のことじゃ」

先の事件――

レティシアが誘拐された事件のことか。

「レティシア・オードランの誘拐……。未遂に終わったとはいえ、まっこと忌むべき事件であったな」

「そう思われるなら、立派な犯罪に加担した生徒共を学園から追い出してほしいもんですね」

「無論、こちらでも調べを進めておる。ほどほどにな」

「いや全力でやってくださいよ」

「そうしたいのは山々じゃが、競い合い蹴落とし合いは王立学園の本質じゃしのう～」

如何にも惚けた感じで言うファウスト学園長。

ヤバい、ぶん殴りたい。

アンタそれでも本当に教育者の長なのか？

こっちは嫁さん攫われてんだからな……？

いくら学園長でもキレるぞマジで？

他人事だと思って悠長にしやがって、このジジイめ……。

「そうカッカするでない。別に他人事と思って悠長にしているつもりはないぞ？　今回の件は流石にやり過ぎじゃからな」

彼はこちらの心の内を見透かしたように言うと、執務机の椅子へと腰掛ける。

「……時にアルバン・オードランよ、お主は〝占い〟を信じるかね？」

「占い……？　いえ、正直あまり」

「で、あろうな。お主は如何にも自分の目で見たモノしか信じそうにない」

「あの、もったいぶらずにさっさと本題に入ってくれません？　俺になにを言いたいんですか？」

いつまでも煙に巻こうとするようなファウスト学園長の喋り方。

正直、聞いている側としてはあまり気分はよくない。

「ワシはこう見えて〝占星術〟が得意でな？　この学園の行く末を案じて、度々占っておるのじゃが……少し前から、星が妙なことを教えてくれるのじゃ」

「妙なこと？」

「うむ……〝学園の運命に大きな歪みが生じている〟とな」

「――!」

学園の運命――

その一言に、俺の心臓はドクンと跳ねる。

……俺がレティシアと結ばれ、最低最悪の悪役男爵として振る舞わなくなったことで、この世界はファンタジー小説とは大きく異なる道を進むこととなった。

その最たる例がレオニールだ。

彼は物語の主人公であるにもかかわらず、俺を倒すことなく〝騎士《ナイト》〟となった。

……正直、未だにファンタジー小説の全容を思い出せてはいない。

でもとにかく、この世界の流れが本来とは異なる方向へと進んでいるのは事実だろう。

……その本来の流れってのを、〝運命〟と呼ぶのかは知らないが。

「星が示す〝運命〟とはなんなのか、それはわからん。じゃが……お主はなにか心当たりがあるのではないか、と思ってな」

「……知りませんね。仮に知っていたとしても、俺の答えは一つです」

「ほう?」

「俺とレティシアの仲を引き裂こうとするなら、運命なんてクソ食らえだ――ってね」

言葉に圧を込めて、言い放つ。

「運命だろうがなんだろうが、俺たちの幸せを壊そうとするなら叩き潰す。世界がレティシアを認めないなら……世界の方を壊し尽くすだけです」

「…………ほ、お」

一瞬、呆気にとられたような顔を見せるファウスト学園長。

しかし、

「ほっほっほ！　そうかそうか！　〝世界を壊す〟ときたか！」

痛快だと言わんばかりに、声を大にして笑う。

おい、俺そんな笑われるようなこと言ったつもりはないぞ。

ただレティシアと世界ならレティシアを取るって言っただけなんだが。

「面白いなお主は、実に面白い。永い時を生きてきて、お主のような暴君を見たのは初めてかもしれぬ」

「はぁ……俺は別に暴君じゃありませんけど」

「いいや、紛うことなき暴君じゃとも。なるほどのう、星はお主のことを……」

一人で納得した様子で、彼は顎髭をわしわしと撫でる。

それからしばらく考えるような素振りを見せたが、

「……お主にそれほどの決意があるならば、教えておいてやろう。此度のレティシア・オードラン誘拐事件……もしかすると、王家の一部が関わっているやもしれぬ」

「――――！　王家が⁉」

「まだ断定は出来ぬがな。他の貴族を隠れ蓑にしている節がある上に、上手く正体を隠している」

――ヴァルランド王家。

このヴァルランド王国を実効支配する家系であり、最も権力と権威を有する家柄。

その青い血筋の前には、バロウ公爵家やスコティッシュ公爵家であっても所詮は一介の貴族に過ぎない。

まあもっとも、一言でヴァルランド王家と言っても家系図分布は多岐にわたる。

そのため権威や権力はピンキリなのだが。

「……王家が、レティシアを破滅させようとしていると？」

「正確には〝王家の中の誰か〟であろう。ヴァルランド王家も一枚岩ではない故」

「……」

「わかるか？　お主が妻を守るというのは、それ相応の覚悟がいるということじゃ」

「……覚悟なんて、とっくにありますよ」

ギュッと拳を握り締める。

改めて、己の中で決意を固めて。

「誰が相手であろうと、俺はレティシアを守る。仮に、それで俺が〝この国にとっての悪〟と見做されようとも――ね」

そう答えると、キーンコーンカーンコーンという鐘の音が聞こえてくる。

次の授業が始まる予鈴だ。

「おおっと、鐘が鳴ってしまったな。叛逆とも取られかねん今の発言は聞こえなかったことにしておこう。お話はここまでじゃ」

「そうですね。それじゃ失礼します。……情報どうも」

俺はそう言い残し、学園長室を去るのだった。

ＦクラスＶＳＥクラス

王立学園の授業《カリキュラム》には、実に様々な科目が存在する。

歴史学や思想学といった座学中心の科目。

武道やダンジョン実習といった運動中心の授業。

等々、他にも他にも……。

今日行われるのは、それら科目の中の〝魔法演習〟という授業だ。

どちらかといえば座学中心の魔法学において、攻撃魔法や防御魔法といった実戦的な魔法を実際に訓練する。

中でも攻撃魔法は見ていて派手なので、魔法をまだ使えない新入生たちには人気の授業なのだとか。

ちなみに今回の〝魔法演習〟はＥクラスとの合同授業。

Ｆクラスが他クラスと合同授業するのは、これが初めてである。

そんなワケで、Ｆクラスは校庭に出て授業が始まるのを待っているワケなのだが――

「クックック……」

「クスクス……」

俺たちは笑われていた。

Eクラスの奴らに。

明らかに馬鹿にされた感じで。

そんなEクラスメンバーの態度に、マティアスは「チッ」と舌打ちする。

「おいお前ら……さっきからなにがそんなにおかしいんだよ」

「ああ、悪いんだが話しかけないでもらえるかな？　男爵ごときに〝王《キング》〟の座を譲ったクラスと話す舌など持たないのでね」

Eクラスの中で一番偉そうな男が、露骨に見下したような言い方で答えた。

――おっと？

これは早速波乱の予感？

「……なんだと？」

「全く理解できないよ、マティアス侯爵。Fクラスにはキミやイヴァン公爵もいるというのに、よりによってあの最低最悪の男爵が……。キミたちも落ちぶれたものだね」

「「……」」

名前を出されて険しい顔をするマティアスとイヴァン。

あとレティシアの眉間にもシワが寄る。

かなり不快そうに。

――やや伸ばしたウェーブヘアを七三に分けた、一目で貴族と分かる出で立ちの男。

雰囲気からして、おそらくコイツがEクラスの〝王《キング》〟だろうな。

Eクラスの〝王《キング》〟は言葉を続け、

「それに、退学者を一人も出さずに〝王《キング》〟を決めるなんて……本当にこの王立学園でやっていく気があるとは思えないよ」

呆れたと言わんばかりに肩をすくめる。

なんか段々俺もムカついてきたな。

「教師たちは評価してるらしいけど、僕はそう思わない。王立学園の本質は優勝劣敗、弱肉強食。自らの有能さを証明するために他者を蹴落とす場所なんだ。決してお遊戯会をするところなんかじゃないんだよ」

よく見ると、Eクラスのメンバー数は十人よりも少ない。

ひい、ふう、みい……全部で八名。

どうやらEクラスからは二名が退学しているらしい。

この男との権力争いに敗れて、退学に追い込まれたってところだろうな。

まあ、言ってることはわからんでもない。

王立学園は生徒同士による熾烈な蹴落とし合いの場。

しかも今年は新校則などとほざいて、貴族同士の権力争いを疑似的に再現している。

そんな中にあって、誰一人欠けることなくトップの席が決まる――

激しい競争の末に王座を勝ち取った者から見れば、俺たちが仲良しこよしでお遊戯会でもしてるように映るのかもな。

少なくとも高位階級のイヴァンやマティアスなんかは、やる気を疑われても仕方ないかもしれない。

しかし、

「……お遊戯会、か」

イヴァンが眼鏡をクイっと動かし、不敵な笑みを浮かべる。

「ならば、今日の〝魔法演習〟で確かめてみるがいい。オードラン男爵の才が本当にお遊戯会レベルなのかどうか、な」

「なに……？」

煽るような口調で言うイヴァン。

その時、ようやくパウラ先生が校庭にやって来る。

「皆さん、お待たせしました！　今日はFクラスとEクラスの合同授業！　楽しみましょうね！」

「「「…………」」」

「うんうん、早くも殺伐とした険悪なムードで素晴らしい！　仲良く蹴落とし合ってください！」

相変わらず発言が闘争厨なパウラ先生。

この人本当に生徒同士を争わせるの好きだよなぁ……。

教師やるより軍人とかの方が向いてるんじゃないかと思うんだが……。

「それでは〝魔法演習〟の授業を始めていきますね！　まず初めに、既に魔法が使える人は挙手！」

彼女が尋ねると、パラパラと手が挙がる。

俺やレティシアをはじめ、他にイヴァンやEクラスの〝王《キング》〟も手を挙げた。

「お、あなたはえーっと、Eクラスのミケラルド・カファロくん！　あなたも魔法が使えるんですね！」

「勿論です。カファロ侯爵家の人間ならば当たり前ですよ」

自慢気に前髪をかき上げるEクラスの〝王《キング》〟。

コイツの名前はミケラルドと言うらしい。

まあ、もの凄くどうでもいいが。

「ではせっかくなので、Fクラスの〝王《キング》〟とEクラスの〝王《キング》〟に魔法戦の攻防を再現してもらいましょう！」

「え？」

予想外の一言。

まさか自分の名前が呼ばれると思っていなかった俺は、一瞬目をパチクリさせる。

「ほう、これは丁度いい」

俺とは対照的に、微妙に嬉しそうな表情をするミケラルド。

「こんなにも早く確かめるタイミングが来るとは僥倖。Fクラスの実力など、所詮お遊びだということを教えてあげようではないか」

ククク、と奴は笑う。

既に勝ち誇ったように。

「……面倒くせぇ」

怠い。

やりたくねぇ。

だって結果なんて分かり切ってるし。

俺としては、レティシアが絡まないなら別に頑張る必要なんて――

なんて思っていると、レティシアが俺に声を掛けてくる。

「アルバン」

「あなたのかっこいいところ、私に見せて？」

ドキッとするような微笑を浮かべて、彼女は言った。

……。

…………。

…………。

「勿論！　見ていてくれレティシア！」

うん、超やる気出てきたわ。

ハイパーやる気モードになったわ。

愛する妻にかっこいいところを期待されて、裏切れる夫はこの世にいないからな！

俺とミケラルドは二人で校庭の中央に立ち、相対する。

「では遠慮なく魔法を撃ってきたまえ。競争の末に〝王《キング》〟となった者とそうでないもの、その格の違いを見せつけてあげよう」

「遠慮しなくていいのか？」

「当然だ。どうせ大した魔法なんて――」

「じゃ、いくぞ」


――この後、俺はSランク魔法や混合魔法を使って、ミケラルドを完膚なきまでに蹂躪した。

▲ ▲ ▲

「そ、そ、そんなッ、馬鹿なぁ……ッ！」

ミケラルドは俺の目の前で地面に這いつくばり、苦しそうに息を荒げている。

どうやら魔力が底をついて、立ち上がることもままならないらしい。

――俺とミケラルドの魔法対決は、完全に一方的な展開で終了。

遠慮はいらないって言うから、Sランク魔法や混合魔法の中でも高威力なヤツをぶっ放しまくったのだが……ミケラルドは三分も持ち堪えられなかった。

あっという間に魔法防壁が剥がれ落ち、あと少しこちらの反応が遅れていたら誤って殺してしまうところだった。

まさに反撃すら許さない、圧倒的なまでの蹂躙。

あまりに呆気ない。

本当に口先だけの奴だったな。

「あ、ありえない……僕はカファロ侯爵家の血を引いているのに……！」

理解できない、納得できないといった様子で俺を睨みつけてくるミケラルド。

な～んか既視感あるな、この展開。

アレか、一番最初にイヴァンたちを叩きのめした時に似てるのか。

どうして高位階級の貴族って奴らは、こんなに自信過剰な奴ばっかりなのかねぇ。

「素晴らしいですアルバンくん！　Eクラスは10ポイント減点、Fクラスに10ポイント差し上げましょう！」

「――ッ⁉　そ、そんな……！」

「？　ポイントって？」

パウラ先生の発言に首を傾げる俺。

それに対し、ミケラルドは顔面を真っ青にする。

「あ、Fクラスの皆さんには説明していませんでしたね！」

てへ、うっかり♪　と自分で頭を小突くパウラ先生。

ムカつく。

「これまでは〝王《キング》〟を決めるために、クラスメイト同士で蹴落とし合いをしてもらいましたが……

〝王《キング》〟が決まったこれからは、各クラス対抗で蹴落としあってもらいます！」

「各クラス対抗、だって……？」

「はい！　A～Fクラス全てに100ポイントずつ得点を振り分け、それを奪い合うんです！　そしてポイントが0になった時点で、そのクラスは全員退学処分とします！」

「んな……っ⁉」

ギョッとする俺たちFクラスのメンバー。

完全に初耳の情報である。

「そ、そういう大事なことはもっと早く言ってくれよ⁉」

「ご安心ください！　アルバンくんがいる限り、Fクラスは退学にならないと私は信じていますから！」

いや、そういう問題じゃない。

俺を信じてくれるのはありがたいが、職務怠慢は教師としてイカンだろって。

マジでこの人、教師向いてないんじゃないのか……？

俺が呆れて言葉を失っていると、レティシアが静かに手を挙げる。

「先生、質問よろしくて？」

「はい、どうぞレティシアさん！」

「そのポイントというのは、どういった基準で加減される仕組みなのかしら？」

「よい質問です、ではご説明しましょう！」

ビシッと人差し指を突き立て、説明を始めるパウラ先生。

「ポイントの加点減点は、主に二つの状況に応じて行われます。まず一つ目は、〝他クラスとの実力差を示した時〟です！」

「それは、今みたいに他クラスの生徒を降した時——と解釈していいのよね」

「はい！　圧倒的な才能の差を見せつけてくれるほど、教師はポイントを加減しやすくなりますね！」

パウラ先生は人差し指に続き中指も突き立て、〝二つ〟のポーズを取る。

「ですが重要なのは二つ目……年五回、クラス対抗で行われる〝試験戦争〟の方ですよ！」

〝試験戦争〟——

生徒にとっちゃ、試験って単語ほど怠さを感じるモノもない。

だが……そこに戦争って言葉が加わると、怠いなんて言ってられそうもない気配がするな。

「中間試験二回、期末試験二回、そして学年末試験一回……計五回の〝試験戦争〟では、各クラスの成績に応じて必ずポイントの加減が行われます！　試験では個人の能力は当然ながら、組織としてのチームワークも評価対象となります！」

「……なるほどね。各クラスの〝王《キング》〟を決めたのはそういうこと……」

「ズバリ！　〝王《キング》〟への忠誠心を持っているか否かが成績の鍵になるでしょう！　そして試験結果が悪かったクラスは、最大で99ポイント引かれる場合もあるでご注意を！」

……99ポイントって。

それほとんど死刑宣告と変わらないだろ。

本当にこの学園は、面倒な仕組みを押し付けてくれるよ。

「それから、最後に——学年が上がる直前で最も所持ポイントが低かったクラスも、〝落ちこぼれ〟として強制退学となりますので……頑張ってくださいね！」

悪魔のような笑みを浮かべて、パウラ先生は言う。

学年が上がる直前——。

つまり、二年、三年に進級するタイミングってことだ。

それが意味するのは、この三年間で最低でも二つのクラスが確実に消えてなくなる、ということ。

ホント、エグすぎるよ。

まあもっとも……恐るるに足りず、だろうがな。

俺とレティシアがいるFクラスを蹴落とせるもんなら——蹴落としてみればいいさ。

「ですので、Eクラスは最初から出鼻を挫かれた形になっちゃいましたね！　残念！」

「う……うぅ……くそぉ……ッ！」

ミケラルドはギリッと歯軋りし、四つん這いの姿勢のまま校庭の土をジャリッと掴む。

彼からすれば、苦労して手にした王座に早くも泥を塗られた気分なのであろう。

「くそ、くそがッ！　男爵風情がこの僕をコケにして、タダで済むと思うなよ！」

まさに負け犬の遠吠え。

俺は応答する気にもならず、右耳から左耳へと聞き流してたが——

「お前らなんて、この前の事件で全滅していればよかったんだ！　最低最悪の男爵とバロウ家の恥晒しなんて――！」

――グシャッ

ミケラルドが言い切るよりも早く、奴の顔を靴底で踏み付けた。

「――死んだ方がよかった、ってか？」

「う……ご……っ!?」

「レティシアがあのまま死んでた方がよかったって、そう言いたいのか？　あ？」

足の裏でグリグリと、その嫌みな顔を踏みにじってやる。

殺意と怒りを存分に込めて。

俺に対して恨みつらみを吐くのはどうでもいい。

だが今の発言は、あまりにもレティシアに対して無神経だ。

あの倉庫に捕まっている間、彼女がどれだけ怖い思いをしたか……お前にわかるか？

そしてどれだけ勇気を出して脱出のために行動したか、お前に想像できるか？

そんなことも考えずに、死んだ方がよかった、だって？

……こんなクズ野郎は、靴底の泥にまみれるのがお似合いだ。

「もし、もう一度似たようなことを言ってみろ。その時は……」

「ひっ……う……！」

「アルバン、よしなさいな。皆見てるわよ」

レティシアに言われ、俺は渋々ミケラルドの顔から靴底を離してやる。

すると彼女は俺の隣へとやって来て、

「……申し訳ないけれど、私は死んだりなんてしてあげない。だって、こんなにも私を大事にしてくれる旦那様がいるんですもの」

そう言って、俺の肩に寄り添ってくれた。

そんな俺たちを見たミケラルドは遂に心を折られたらしく、放心状態のままEクラスの仲間に連れられて校庭を去る。

結局この後、俺たちはニコニコ笑顔なパウラ先生の下で〝魔法演習〟の授業をこなしたのであった。

▲ ▲ ▲

《レティシア・バロウ視点《オードランSide》》

「そ、それにしても、レティシア様とオードラン男爵は、本当に仲良しですよね……！」

エプロン姿でカウンターに立つシャノアが頬を赤らめながら言う。

——私は今、行きつけである彼女の喫茶店のカウンター席で腰を落ち着かせている。

ゴロツキたちに狙われることもなくなったこのお店は、なんだか少し活気が戻ってきた様子だ。

以前にも増して茶葉のいい香りに包まれ、私たち以外にもちらほらとお客さんの姿が。

とってもいいことだわ。

美味しい紅茶はより多くの人々に親しまれてこそだもの。

もっとも——今日の私は、ただ紅茶を楽しみに来たワケではないのだけど。

「まあ確かに、私と彼の仲は良好ね」

「……良好というより、理想のお馬鹿夫婦って感じにしか見えませんわよ……？」

隣の椅子に座るエステルが、「はぁ」と若干呆れた様子で言った。

そう、今日は私一人でシャノアの喫茶店に来ているのではない。

私《レティシア》、シャノア、エステル、ラキ、カーラ、この女子五人でやって来ている。

私が彼女たちをここへ誘ったのだ。

所謂〝女子会〟という形で。

「あら、それは貶しているのかしら？」

「褒めてるんですのよ、一応。あなた方みたいにぶっちぎりでヤバい夫婦、きっと世界中探しても見つかりませんもの」

ティーカップを持ち上げ、紅茶を口に含むエステル。

彼女の癖なのか、カップを持つ手の小指がピーンと突き立っているのがなんだか面白い。

「ここの紅茶、美味しいと思わない？」

「……確かに美味いですわね」

「わかる♪　めっちゃ香りが芳醇だよね☆」

エステルの向こう側に座るラキが話に割り込んでくる。

この女に紅茶の香りや味がわかっているのかは甚だ疑問だけれど。

「それでそれで、アルくんはどの紅茶が好きなのかな？★　教えてシャノアちゃん♡」

「教えなくていいわよシャノア。知りたければ自分で調べろと言ってあげなさい」

「ふ、ふえぇ……」

板挟みにあってカタカタと震えるシャノア。

あら、困らせるつもりはなかったのだけれど。

「カァー！」

「……ダークネスアサシン丸……お店の中では静かに……」

一番端に座るカーラ。

彼女は相変わらず存在感がない。

なんなら、彼女の肩に止まっているカラスの方が存在感があるかもしれないわね。

「……それで、レティシアちゃん……今日はどうして、私たちを誘ってくれたの……？」

カーラが尋ねてくる。

誘われた彼女たちからすれば、至極真っ当な質問。

その問いに対し、

「私たちはもう敵ではないからよ」

私はとても簡潔に答える。

美味しい紅茶を飲みながら。

「むしろ逆――。これから先、私たちは言わば運命共同体となるわ。となれば、考え方の相違一つが退学に直結しかねない」

「「「「……」」」」

「あなたたちにも色々と思う部分はあるでしょう。けれど、これだけはハッキリさせておきたいの」

……ティーカップの中が空になる。

私はゆっくりとカップをソーサーへ置き、

「私はFクラスを――いいえ、アルバンを退学処分になんてさせない。だけどそのためには、皆の力が必要なの」

クラスメイトは〝王《キング》〟に絶対服従――。

王立学園の新校則はクラス内に〝序列〟を設け、支配者と被支配者を明確にした。

一度支配される側となったならば、服従せねばならぬと。

〝王《キング》〟の命は絶対であると。

だが――そんなのは悪政だ。

力で人を屈服させることはできる。

暴力で言いなりにすることはできる。

だがそれでは、決して人心は得られない。

どれだけ力を誇示しても、圧政の果てに待ち受けるのは破滅だけなのだ。

ましてや、彼女たちのように才ある者たちを従えるなら……やるべきことは一つ。

私は椅子から立ち上がると——

「だからお願い。三年間だけ、あなたたちの才能をアルバンに預けてほしい。決して不条理な扱いはさせないと、私が約束するから」

彼女たちに向かって、頭を下げた。

命令ではない。

これはお願い。

アルバンの妻として、私が彼女たちにできる精一杯の誠意だ。

「「「「————」」」」

シン、と静まり返る四人。

私が頭を下げたのが余程意外だったのかもしれない。

「んなっ……お止めなさい！」

そんな静寂を最初に破ったのは、エステルだった。

「このお馬鹿！　〝王《キング》〟の妻が、臣下に頭を垂れてどうするのです！」

彼女は私の肩を掴むと、力ずくで顔を上げさせる。

もの凄い怪力で、肩に痕が付きそうだ。

「いいこと⁉　耳の穴かっぽじってよーくお聞き！　〝王妃《クイーン》〟というのは優雅で高飛車で、おロイヤルでおスマートにドッシリ構えて、ガツンと頭から的確な命令をする！　これでいいんですのよ！」

「エステル……」

「もっと高貴さにおパワーを込めなさい！　私のライバルとして相応しい振る舞いをしてくれないと、張り合いがなくてよ！」

「……私、いつの間にあなたのライバルになったのかしら？」

「んぅえっ⁉　べ、べべべ別にいつでもいいではありませんのっ！」

「……エステル様の言う通りですよ、レティシア様」

エステルに続き、今度はシャノアが口を開いた。

「わ、私たちは、既にアルバン様を〝王《キング》〟と認めた身です……。そ、それに私は、お二人に命を救われていますから……お、恩返しできるなら、なんだってやってみせます……！」

「ウチもウチも！　アルくんの命令ならなんでも聞くよ☆」

続け様に手を挙げるラキ。

ハキハキと明るく喋る彼女だが、すぐに据えた瞳でこちらを見つめる。

「……でも、〝王妃《クイーン》〟の座を諦めたつもりはないから。アルくんの心を浮つかせないよう、精々注意しててね……♪」

「望むところだわ。だけど、協力してくれることには感謝しないとね」

「べっつにー、どういたしまして★」

「カァー！」

「……ダークネスアサシン丸、静かに……」

肩のカラスをなだめるカーラ。

彼女はチラリと目だけ動かして私を見る。

「……アルバンくんに服従するのは、私も同じ……。……だけど、あなたたちには貸しがある……」

貸し……。

そういえばアルバンが後に教えてくれた。

捕らえられた私とシャノアの居場所がわかったのは、カーラのお陰だって。

彼女に借りがあるとも。

「わかっているわ。なにか望みがあるなら言って頂戴」

「……なんでも、いいの……？」

「私とアルバンにできることであれば」

「……」

しばし沈黙するカーラ。

すると何故かモジモジとし始め、

「……実は私、趣味で小説を書いてて……」

「……？　はあ……」

「……レティシアちゃんは、知らないかもしれないけど……誘拐事件が報じられて以来、学園の裏ルートで〝アル×レティTL小説〟が凄く流行ってて……」

「……う、ん……？」

「……私が書くと、皆とっても喜んでくれるの……。……だから、書き続けてもいいように、本人の許諾が欲しいなって……」

「あっ、え、うん、それは、構わない、かしらね……？」

「！　あ、ありがとう……よかった……！　アル×レティに栄光あれ……！」

「カァー！」

……よくわからないけれど、快く協力してくれるなら問題ないわよね……？

一応、これで女子四名全員と意思疎通ができたワケだし……。

そうね、良しとしましょう。

全てはアルバンのためだもの。


――この時はそう思っていた。

だけどこの判断を、少しだけ後悔することとなる。


……ええ、そう。

まさかアルバンと私の恥ずかしい恋愛小説が、学園の中で広まるなんて思ってもみなかったのよ。

試される愛

「……で、この状況はなんだ？」

俺は城下町の通りを歩きながら、ブスっとした顔でぼやく。

なんでブスっとしてるのかって？

そりゃ不機嫌だから。

なんで不機嫌かって？

今、俺の隣にいるのがレティシアじゃなくてむさくるしいFクラス男子共だからだよ。

マティアスは屋台で買ったホットドッグを頬張りながら、

「なんだって、見りゃわかんだろ？　Fクラスの男同士、親睦を深めてんじゃねーか」

「どうして俺がお前らと親睦を深めなくちゃならないんだよ……」

「そりゃお前は〝王《キング》〟だからな。臣下とは仲良くしてくれねーと。それよりホットドッグ食うか？」

「いらん。っていうかお前が屋台飯を食べるなんて意外なんだが」

「俺はジャンクフードがが好きなの」

もっきゅもっきゅとホットドッグを食べ尽くすマティアス。

ウルフ侯爵家は途方もない金持ちだから、いくらでも贅沢な食事ができるはず。

にも拘わらずジャンクフードを好むとは、コイツも案外物好きだな……。

——話を少し前に戻そう。

何故唐突に、俺がFクラスの男子たちと一緒に街へ繰り出すことになったのか？

それはレティシアの提案があったからだ。

『せっかくFクラスの〝王《キング》〟が決まったのだし、少し親睦を深めるべきだと思うの』

これにFクラスのメンバーも賛同。

とはいえ十人がまとまって動くと大所帯になるため、男子組・女子組で分かれることとなった。

なので今頃、レティシアたちは女子会を満喫？　しているのだろう。

で、俺たちも男子会をする流れになったのだが——ぶっちゃけ、なにをしていいかわからん。

俺は城下町にまだそこまで詳しくないし、シャノアの喫茶店にはレティシアたちが行ってるし。

そもそもなにが悲しくて、男五人で街中をデートしなくちゃならんのか……。

あ～、レティシアのとこへ行きたい……。

「そうつまらなそうな顔をするな、オードラン男爵」

イヴァンが諭すように言ってくる。

コイツはこういう馴れ合いを嫌うタイプと思っていたが、意外にも乗り気である。

「僕たちは今や運命共同体なんだ。いつまでもいがみ合っているより、多少なりとも友好的にした方が合理的だろう」

「お前にそれを言われてもね……」

「厚顔無恥な自覚はあるさ。それでも敢えて言わせてもらう」

……ふーん、憎まれ役でも買って出たつもりかね。

まあ見てわかるが、イヴァンは組織の中にあって参謀を務めるタイプの人間だ。

得てして参謀は恨まれがち。

だって、誰に対しても言い難いことをズバズバ言わなきゃならないから。

既に前科がある身だからこそ、意識してそう振る舞ってるのかもな。

一応、イヴァンなりの罪滅ぼしの形なのかもしれない。

「そうだぞ〝王《キング》〟よ！　強き者同士、仲良くしようではないか！」

気安い感じで俺の背中をバンバン叩いてくるローエン。

微妙に痛い。

お前そこそこ筋肉あるんだから、無暗に叩くなよな……。

「強き者同士、ねぇ……。俺に瞬殺されてたのに？」

「ふぐっ⁉」

「せめてレオ並に強くなってくれたら、強者と認めてやれるんだけどな～」

「くほぉっ⁉」

心に傷を負うローエン。

傷つけるつもりはちょっとしかなかったのだが、本人には大ダメージだったようだ。

だがこれは、俺から彼への要望でもある。

武力を是とする武闘派ならば、今の強さで満足してほしくはない。

おそらくだが、ローエンはまだ強くなれるだろう。

筋は悪くないからな。

レオニールほどの強さになれるかはわからないが、その次くらいには強くなれるんじゃなかろうか。

そうなってくれたら、他クラスとの揉め事は全部コイツに擦り付けられるのに。

頑張ってほしいなぁ。

「ま、まあまあオードラン男爵。その辺にしておいて……」

最後に、苦笑しつつも俺をたしなめてくるレオニール。

だが彼はひと呼吸ほど間を置くと、

「だけど……想像もできなかったな」

「？　なにがだ？」

「オレがこうして、貴族の皆と肩を並べて歩いていることが——だよ」

なんとも感慨深そうに、レオニールは言った。

「王立学園に入ってすぐの頃は、仲間なんてできないかもって思ってたんだ。オレは平民出身だから」

「……」

「孤独なまま学生生活を終えるのも覚悟の上だった。だけど、あなたと出会って全てが変わったんだ。改めてお礼を言わせてくれ」

「よ、よせよ……俺はなにもしてない」

そんな改まって堂々と感謝されると、なんだか背中が痒くなってしまう。

やれやれ、相変わらず素直な奴というか、愚直な奴というか……。

――なんて俺が思っていると、

「きゃあああああッ！！！」

街の中に、突如悲鳴が響き渡った。

「ス、スリよ！　誰か捕まえてッ！」

見ると、二人組の男が女性モノの鞄を掴んで走り去っている。

どうやら〝ひったくり〟らしい。

「！　アイツら――！」

「あ～あ、面倒くさ。レオ、片方頼むぞ」

流石に見て見ぬふりはできまい。

でも、俺一人で二人捕まえるなんて怠すぎる。

片方はレオにやってもらおう。

「承知した！」

ほぼ同時に地面を蹴る俺たち。

ひったくり犯は全力で逃げようとしているようだが、その足の速さは到底俺たちに及ばない。

「逃がさないよ」

最初にレオが追い付き、一人目に手を掛ける。

そして腕を掴んで背負い投げし、男の身体を石畳の地面に思い切り叩き付けた。

「ぐほぉッ！」

「なっ、なんだ⁉」

「残るはお前だけだぞ、コソ泥」

「く、くそ！」

仲間がやられて焦ったのか、残りの一人は大通りから横道へと逃げていく。

路地にでも入ればこっちのもんだってか？

阿呆が。

見失うワケないだろ。

俺も素早く路地へと入ると、建物の壁と壁の間を跳躍して一気に距離を詰める。

鬼ごっこは、もう終わり——

「凍らせなさい——〔エスメラルダ〕」

しかし、俺が男に追い付く直前——

強烈な冷気が、周囲を包んだ。

まるで俺たちのいる場所だけ、吹雪が襲ってきたかのような。

「な……ん……⁉」

次の瞬間、目の前に〝氷の精霊〟が現れる。

全身が氷と霜で出来た、女性型のシルエットを持つ精霊。

間違いない、これは――〝召喚魔法〟だ。
「ぐお……!?　か、身体が、動か……!?」
氷の精霊は、ひったくり犯の周りを舞うように浮遊。
すると彼の身体は見る間に凍り付いていき、瞬時に動けなくなった。
人体をこれほど早く凍らせるとは、凄まじい魔力である。
「――あら？　スリだという声が聞こえたのだけれど……お邪魔だったかしら？」
遅れて、従者を引き連れた貴族らしき女性が現れる。
その姿を見て、俺は驚愕を隠せなかった。
「レティ……シア……？」
あまりにも――よく似ていた。
長く綺麗な白銀の髪、
雪のように真っ白な肌、
氷を彷彿とさせる青い瞳、
そっくりなのだ。
我が妻、レティシアの姿に。
ただよく見れば、レティシアより少し年長のように感じる。
大人びて見える、というか。
まるで数年後のレティシアの姿と言われても信じてしまえそうな――

「え、えっと……アンタ……」

「あなた、王立学園の生徒さん？　ひったくり犯を追いかけてくれていたの？」

「ま、まあ一応……」

「殊勝なのね。民のために動くのは、とても良い心掛けです。立派だわ」

微笑を浮かべ、優しく褒めてくれるレティシア似の女性。

そこに、遅れてレオニールがやってくる。

「おーい、オードラン男爵！　ひったくり犯は——って、あれ？　レティシア夫人……？　どうしてここに……？」

レオニールも彼女をレティシアと見間違えたらしく、困惑した様子を見せる。

そんな彼の発言を聞いて、今度はレティシア似の女性の方が驚いた顔をした。

「オードラン男爵、ですって……？　あなたまさか、アルバン・オードラン男爵なの？」

「え？　あ、ああ、そうだけど……」

「……」

何故か、表情が険しくなるレティシア似の女性。

彼女は少しの間だけ沈黙すると、

「……そう、あなたが……。妹がお世話になっているわね」

「妹……？　じゃあまさか——」

「ええ、私の名前はオリヴィア・バロウ。レティシア・バロウは……私の妹よ」

▲ ▲ ▲

「ここがバロウ公爵家の屋敷か……立派なもんだな……」

「ああ、まさか僕たちがバロウ邸に訪れる日が来るとは……」

感嘆とした様子のマティアスとイヴァン。

ローエンも驚いた表情だ。

レオニールも緊張した面持ちで、尻の据わりが悪そうにする。

「あの、すみません。オードラン男爵と一緒にオレたちまでお呼ばれしてしまって……」

「気になさらないで。妹のご学友とあれば、もてなすのが礼儀ですから」

そんな彼に対して、オリヴィアさんは椅子に座って微笑を浮かべ、優雅に紅茶を嗜む。

──男子会からの、ひったくり犯逃走劇というくだりを経た男子五人組。

俺たちはその後、どういうワケか彼女の屋敷にお呼ばれし、お茶をご馳走になっている次第。

そう──つまり、だ──

俺は今、〝バロウ公爵家の屋敷〟にいる。

レティシアの実家に、思いもよらぬ形で転がり込んでしまったのだ。

どうしてこうなった？

マジで。

「……妻の実家がそんなに気まずいかしら、オードラン男爵？」

まるでこちらの心の内を見透かしたように、オリヴィアさんが聞いてくる。

「い、いや、別にそういうワケじゃ……」

「安心して頂戴。当主であるお父様は多忙な身ですから、屋敷にはいないわ。そんなに緊張なさらなくて結構よ」

あ、そうなんだ。

それなら安心――じゃなくて！

確かに今更義父と会うのは気まずいけど、実家にお呼ばれしてる時点で既に気まずいんだよなぁ！

しかも実の姉が目の前にいるワケで！

緊張するなって方が無理では⁉

「……にしても驚きましたよ。レティシアに姉妹がいるのは一応知ってましたが、まさかこんなにそっくりだったとは」

「昔から言われていたわ、よく似た姉妹だってね。これでも、私はあの子より五つ年上なのだけど」

五つ、か。

なるほどな、どうりで大人びて見えたはずだ。

雰囲気もそっくりだから、余計に――

……いや、少し違うか。

なんだろう、なんというか――ピリピリとした気配を感じる。

敵意、に近いだろうか？

そこはかとなく警戒されているような。

必死に隠そうとしているのだろうが、俺はこの手の感覚に敏感だからすぐにわかる。

だが殺意はない。

故に不自然というか。

……少し鎌をかけてみるか。

「ところで、ちょっと気になったんですが」

「あら、なにかしら」

「さっきの召喚魔法……かなり強力な精霊を呼び出してましたけど、どこであれだけの技術を？」

「私は魔法省に勤める役人なの。普段魔法の研究を進める部署の部長をしている身だから、あれくらいは出来て当然ね」

なんと、魔法省の。

こりゃまた大層な名前が出たな。

ヴァルランド王国魔法省と言えば、国内でも選りすぐりの魔法使いを集めた研究機関。

魔法が得意だと自負する者にとって、魔法省職員は花形職業とまで言われている。

そこの部長を務められるとは……。

もしかすると、魔法に関しては俺より格上かもしれない。

納得だ。

流石はレティシアの姉ってとこだな。

「……私からも、質問があるのだけど」

ふと、オリヴィアさんが尋ねてくる。

「レティシアは、元気でやっている？」

「え？　ええ、元気でやってくれてますよ」

「ならよかったわ。もうしばらく手紙のやり取りをしていないし、ひと月前に件の事件があったものですから……」

まあ、色々と厄介事があったのは事実。

レティシア誘拐事件は王都中で話題になったもんな。

にしても、心配してくれてたのか……。

てっきりレティシアは、バロウ家の中じゃ腫れ物に触るような感じだとばかり思ってたが。

「……時にオードラン男爵、あなたとレティシアはとても仲睦まじいというお話を耳にしたのだけど」

「え、ホントですか？　いやぁ照れるな～、それほどでも～」

照れくさくなって鼻の頭を指で掻く俺。

レティシアと俺がおしどり夫婦だって、そんなに話題になっちゃってるの？

恥ずかしいな～。

まあ俺が彼女のことを心から愛してるのは事実だけどさぁ～。

なんて、内心で惚気る俺だったが——

「……」

品定めするかのような目で、オリヴィアさんはじっと俺のことを見つめてくる。

それは疑いの眼差しにも近い。

うぅ……気まずい……。

嫁の姉に品定めされるのが、こんなにも神経を磨り減らすとは……。

あ、イカン、ちょっと尿意が……。

「す、すみません、少しトイレをお借りしても？」

「それなら、廊下を出て真っ直ぐ――……いえ、面倒ね。案内しましょうか」

「え？　い、いやぁ、流石にそこまでお世話には……」

「遠慮なさらないで。この屋敷はただでさえ広すぎるもの」

椅子から立ち上がり、誘うように部屋のドアへと向かうオリヴィアさん。

せめて案内くらい従者に任せてもいいのでは……。

なんか、こういう目下の者に頼らず自発的に動くあたりは、レティシアと似てるような気もするな……。

仕方なく俺は彼女と部屋を後にし、長い廊下の中を二人で進む。

バロウ邸はオードラン領の屋敷なんかより遥かに大きくきらびやかで、流石は国内有数の名家と謳われるだけはある。

レティシアは、こんな豪勢な環境で育ってきたんだな……。

よく俺の屋敷に文句も言わずにいてくれたもんだよ。

本当に良い嫁だ……。

いつかの将来、レティシアのためにオードラン領の屋敷も大きく改築しようかな……？

「……ねえ、オードラン男爵」

俺の前を歩くオリヴィアさんが、振り向くこともなく話しかけてくる。

「聞かせて。あなたにとって、妹はなに？」

「なに――って……大事な嫁ですよ」

「本当に？」

「当たり前です。俺にとって、彼女は世界で一番大事な人です」

一切の淀みなく、俺は答える。

すると、

「……あの〝最低最悪の男爵〟の口から、そんな言葉が出るなんてね」

非常に小さな声で、呟くように言った。

そして彼女は立ち止まり、

「なら――試させてもらうわ」

▲ ▲ ▲

――なん、だ？

——なにが、あった？

意識を失っていたのか？
いつの間に？
ここはどこだ？
なんで燃えてるんだ？

……燃えてる？
なにが？

俺は顔を上げる。
そして俺の目に映った光景。
それは——激しく燃え上がる、オードラン領の屋敷だった。
「俺の……家が……！」
燃えている。
我が故郷の、我が家が。
レティシアやセーバスたちとの思い出が詰まった、いずれ帰るべき場所が。
何故だ——どうして——

「……アルバン」

背後から声がする。

振り向くと――そこにはレティシアの姿が。

だけど、様子がおかしい。

彼女の服は真っ赤な血に塗れ、手にはナイフが握られている。

ナイフの刃からも血が滴り落ち、誰かを殺めたであろうことがわかる。

「レティシア……?」

「アルバン……あなたのせいよ」

「え――?」

「あなたといると、私は不幸になるの。だから……」

次の瞬間、レティシアがこちらへ向かって飛び込んでくる。

そして、

「……死んで」

俺の腹部に、ナイフを突き立てた。

「ぐ――あ――ッ!?」

血が噴き出る。

彼女の手が俺の血で赤く染まる。

明確な殺意。

レティシアが、俺を殺そうとしている。

どうしてだ――

どうして彼女が、俺を――

まるで悪夢じゃないか、こんなの――ッ！


……。

…………。

…………悪夢？


そうだ、なにか違和感がある。

もしかして、これは――

俺はナイフを突き立てられた身体をグッと前へ押し出し――レティシアを抱き締めた。

「レティシア……愛してるぞ」

「――」

俺が抱き締めた瞬間、ナイフを握るレティシアの手の力が、徐々に弱まる。

そして彼女はナイフから手を離すと――ゆっくりと俺を抱擁してくれた。

抱き締め合う俺たち夫婦。

だが次の瞬間、全てが消失した。

燃え盛る屋敷もレティシアも消え、同時に俺の五感まで失われる。

視界がブラックアウトし、どこかへと落ちる感覚。

そしてハッとした時には、俺の目にはバロウ邸の廊下とオリヴィアさんが映っていた。

「……どこで気付いたの？」

少しだけ驚いたような表情でオリヴィアさんは尋ねてくる。

「やっぱり、〝幻術魔法〟だったんですね」

俺は未だに収まらない動悸を隠し、深く深呼吸する。

――〝幻術魔法〟。

対象を錯乱状態にすることで幻覚を見せる、Sランク魔法の一種だ。

その効果は、対象が恐ろしいと感じる光景を眼に映し出す。

実際に食らったのは初めてだが、これは堪らんね……。

こんな悪趣味な魔法だとは思ってなかったよ。

「気付いたのは、レティシアが俺にナイフを刺した時ですよ。その時に確信しました」

「私の幻術魔法は五感を支配し、現実と寸分たがわぬ感触を与えるはずなのだけど……。どうして確信できたのかしら？」

「簡単です。レティシアがあんなことをするはずないからです」

敢えて不敵な笑みを浮かべ、余裕を見せつける。

せめてもの意趣返しとして、な。

「俺はレティシアを絶対不幸にしないし、レティシアは俺を絶対裏切ったりしない。だから、あの光景は絶対ありえない」

「……」

「それがわかっているから、〝ああ、悪夢を見てるだけなんだな〟ってすぐに気付けたんです」

所詮は悪い夢だ。

寝苦しい夜に見る悪魔の悪戯だ。

だがそういう悪夢ってのは、得てして現実になったりなどしない。

少なくとも、俺がレティシアを不幸にすることも、レティシアが俺を殺そうとすることも、未来永劫ないだろう。

「――負けたわ、完敗」

お手上げ、とばかりに両手を上げるオリヴィア。

「私の幻術魔法は王国一なんて言われたりもしてるのに、これでは形無しね。本当に凄いわ、あなた」

「そりゃどうも。で、なんで俺に幻術魔法をかけたんですか？　返答によっては……」

いくらレティシアの姉でも、容赦しない。

俺とレティシアを引き裂こうとする敵対者と見做す。

俺はいつでも戦闘に入れるよう構えるが、

「そんなの、あなたが妹の夫に相応しいか試したかったからに決まっているじゃない」

さも当然だとばかりに、彼女は言った。

「可愛い可愛い妹の嫁ぎ先が、〝最低最悪の男爵〟と呼ばれる男の下だったのよ？　姉として確かめたくなるのは当たり前です」

「え……？　そ、そうなの……？」

「いいこと？　レティシアは聡明で勇敢で凛々しくて、この王国で一番の美少女なの。本当ならどこにも嫁がせず、私の下に一生いさせたいくらいなのに！」

「は、はあ……」

あれ……？

なんか段々、話の方向がおかしく……？

「レティシアは小さい頃から本当に可愛くて可愛くて、目に入れても痛くないほどだったわ……！この世にあの子を超える理想の妹なんていないと思えるほどに！」

「まあ……俺にとってもレティシアは理想の嫁だな……」

「！　わかる!?　わかってくれるの!?　そうよ、あの子は理想なの！　天才なの！　天使なの！世界で一番なの！」

「わ、わかる……！　レティシアは世界で一番ですよね！　彼女を超える天使なんていませんよ！」

「そうよ！　あの子は大天使レティシエルなのよ！　いずれこの国の救世主になる存在なのよ！」

声高に叫んだオリヴィアさんは「ふぅ」と息を漏らし、

「あの子は昔から賢くて優しかったから、どんな問題も一人で抱え込みがちで……」

「わかります……」

「マウロ公爵の家に行ってからは手紙を送ってもあまり返してくれなくなって、一人でなにか問題を抱えてるのかもと心配していたけれど……婚約破棄されたと聞いた時は、憎悪で頭がおかしくなるかと思ったわ……！」

「わかります……！」

「そうよ！　レティシアに仇なす者なんて、皆地獄に落ちればいいのよ！」

「わかります！！！」

激しく同調し合う俺とオリヴィアさん。

彼女は荒げた息を落ち着かせると、

「ハァ……ハァ……あの頃はどんなふうにマウロへ報復してやろうかと思っていたけど――あなたが全て解決してくれたのよね」

どこか嬉しそうに、けれど少し寂しそうにオリヴィアさんは言う。

「バロウ家がレティシアを庇いきれなくなって、仕方なく〝最低最悪の男爵〟に嫁がせてから……その後一度だけ手紙が届いたの。〝私は今幸せに暮らしています〟って」

「……」

「最初は信じられなかった。だけどマウロの一件があって、色んな噂を聞くようになって……いつか絶対あなたを試さなきゃって、そう思うようになっていたの」

「それが今日だった、と？」

「ええ、デリカシーに欠ける真似をしたのは謝らせていただくわ。ごめんなさい」

――なるほどな。

姉であるオリヴィアさんは、妹のレティシアをそんなに心配していたのか。

「……でもそれほど心配してるなら、どうして彼女に会ってあげないんです？」

「禁止されているからよ、お父様にね。極力妹には関わるな、お前まで家名に泥を塗るような真似はするな――って」

チッと舌打ちするオリヴィアさん。

……なるほど、バロウ家内の関係図も中々ややこしいことになってそうだな。

しかし家長の命令のせいで大事な妹と会えないってのは、なんだか気の毒だよな……。

「ウフフ……でもいいの。どうせいずれはお父様が隠居して私がバロウ家の権力を掌握するのだし、その時は改めてレティシアを迎え入れてあげるわ……！」

「それは――俺とレティシアを引き裂くって意味ですか？」

「いいえ、それは違う」

オリヴィアさんはそう言うと、スッと手を差し出してくる。

「アルバン・オードラン、どうやらあなたとは気が合いそう。これからも妹の幸福を願う同志でいてくれる限り――私はあなたの味方よ」

「！　そんなの、勿論じゃないですか」

俺はガシッと彼女の手を取る。

奇遇だな。

俺もあなたとは気が合うと思ったよ。

〝レティシアは最高だ！〟と思う者同士、仲良くやれそうだな、うんうん。

——しかし、これで陰ながらバロウ公爵家との繋がりも深められたってワケだ。

レティシアに味方がいるってのも、知れてよかったし。

加えてオリヴィアさんは魔法省の重役。

繋がりをつくっておいて損はないだろう。

なんて思っていると、

「それと、私からあなたにお願いもあるの」

「お願い？」

「もし……レティシアに危害を加えようとするような輩がまた現れたら……」

「殲滅します。徹底的に」

「素晴らしいわ。素敵」

「他ならぬレティシアのためですから」

「そうね、他ならぬレティシアために」

「ククク……やはりオリヴィアさんとは気が合いそうですね」

「ウフフ……そうね」

互いに不敵な笑みを浮かべる俺たち。

なんだか俺は心の友を得たような気分だった。

「私の力が必要になったら、いつでも言いなさい。可愛い妹のためならば、いくらでも力を貸してあげる」

「それはありがたいお話ですね。では機会があれば、遠慮なく頼らせてもらいます」

俺は気さくに答える。

まあ一種の社交辞令だと思って。

だが——この時はまだ、想像もしていなかったのである。

この少し後、本当に彼女の力を借りる機会が訪れることになるとは——

合同合宿

——レティシアの姉、オリヴィアさんとの邂逅から数週間が経った。

ちなみに彼女と会ったことはレティシアには明かしていない。

俺は普通に話す気でいたのだが、どうか秘密にしておいてほしいとオリヴィアさんに頼まれたからだ。

なんでも「妹に余計な心配をさせたくない」とのことらしい。

まあ、レティシアは元々家族を気遣って意図的に疎遠になっていた節もあるし。

確かに言わない方がいいかもな。

レオニールやイヴァンたちにも口外禁止を約束させたので、当面は漏れる心配もないと思う。

いずれは話そうと思っているが、もう少し学園生活が落ち着いてからでもいいだろう。

なんて、俺は思っていたのだが――

「――EクラスとDクラスから、合同合宿を持ち掛けられたぁ？」

「はい！　ぜひどうか、とのことです！」

休み時間、パウラ先生がハキハキとした感じで伝えてくる。

それはあまりに唐突な話だった。

「……生徒主導の合宿なんて、そんな簡単に認可されるもんなんですか？　っていうか授業日程とか色々乱れるんじゃ……」

「その点は大丈夫です！　合宿先でも通常の授業は行いますから、授業日程に乱れは生じません！むしろ夜間授業が含まれる分、通常よりも早く進みますね！」

「そ、そうなんだ……」

面倒くせぇ……。

それって普段にも増して余計に勉強させられるってことじゃん……。

普通に断ろうかな……。

っていうか断りたい。

やる意味がわからんから。

「それに、これは生徒主導の合宿ではありません！　Dクラスの担任ライモンド・クアドラ先生の提案なのです！」

「！　Dクラスの担任が……？」

担任の先生が、なんでまた突然合宿なんて言い出すんだ？

俺に貶められたEクラスならまだしも。

……なんだろう。

なんとなく怪しい気がするような……。

やっぱり断った方が──

「いいんじゃないか、オードラン男爵。誘いを受けても」

俺が微妙に悩んでいると、イヴァンの奴が腕組みをして言う。

「はあ？　おいイヴァン──」

「パウラ先生、合宿で主に行われる授業内容は？」

「えーっと、魔法の実践に関してですね！」

彼女が答えると、「やはりな」とイヴァンは中指で眼鏡を動かす。

「Dクラスのライモンド・クアドラ先生は、元魔法省の役人だ。大方、自分の教え子なら僕たちやEクラスとの才能差を見せつけられると考えているんだろう」

「可能性はありますね！　クラスの評価はそのまま教師の評価にもなってきますから！」

「Ｄクラスはこの機会にポイントを増やしてやろうと企んでいるのだろう。だが、それはこちらとしても好都合だ」

不敵に笑うイヴァン。

まるで「これはチャンスだ」とでも言いたげな顔だ。

「上手くやれば……二つのクラスから効率よくポイントを奪えるかもしれないぞ？」

「あのなぁ……俺は別に、積極的にポイントを稼ぐ気なんてないんだが」

「そうも言ってられまい。いずれにしたって向こうはやる気なんだ。それに遅かれ早かれ、僕たちのポイントが狙われるのは変わらないさ」

「それは、そうかもしれんが……」

「そうだよオードラン男爵！　ぜひあなたの力をＤクラスにも見せつけるべきだ！」

今度はレオニールが会話に交ざってくる。

また面倒くさい奴が増えてしまった……。

「あなたは誰にも負けないんだ！　この挑戦、喜んで受けて立とうじゃないか！」

「レオニール……お前なぁ……」

「だ、そうだぞ？　――レティシア夫人よ、キミはどう思う？」

イヴァンが、俺の後ろの席に座るレティシアに話を振る。

彼女はしばし考えた後、

「……そうね、確かにイヴァンの言う通りかもしれないわ」

イヴァンに賛同する。

と同時にパウラ先生、もしこのお誘いを断った場合どうなるのかしら？」

「パウラ先生を見て、

「その場合、Ｆクラスからポイントを引かなくてはならなくなりますね！」

返答を聞いたレティシアは「ああ、やっぱりね」と肩をすくめる。

対する俺はギョッとして、

「――は⁉　なんで⁉」

「何故なら、ＦクラスよりもＥクラスやＤクラスの方がやる気があると判断できてしまいますから！　やる気の差は才能の差です！」

それって実質拒否権ないじゃねーか！

くっそ面倒くせえぇぇぇ！

ふざけんなよ！

っていうか、パウラ先生もちょっとは俺たちに忖度してくれよなぁ……。

自分の生徒なんだからさぁ！

容赦なさ過ぎるだろ！

「ということだから、やるしかないと思うわアルバン」

「……わかった、わかったよ。レティシアがそう言うなら参加する……」

面倒だが仕方ない。

不参加ってだけでポイント引かれたら堪らんからな。

それにレティシアがやると言ったなら、情けないところは見せられん。

やれやれ、とんだ厄介事に巻き込まれてしまった……。

などと俺が内心でボヤいていると、

「……それにしても、元魔法省――か」

ため息交じりにレティシアが呟いた。

なんだか少し寂しそうに。

……？　どうしたんだろう、魔法省って響きがそんなに――

――あ。

そういえば、レティシア《オリヴィア》の姉《さん》って……。

その時、ふと俺の脳裏にアイデアが浮かび上がる。

――正直、Ｄクラスはなにを企んでいるかわからない。

であれば〝牽制〟しておくに越したことはない。

それに……これならあくまで公的な仕事という名目で、二人を会わせてあげられるんじゃないかな？

よし――

「パウラ先生、ちょっといいですか？」

「はい、なんでしょう！」

「その合宿——特別講師を呼ぶことってできますかね？」

▲▲▲

——海。

それは学生にとって、青春の思い出をつくる最高のスポット。

ザアッと寄せては返す水の音と、潮風特有の磯臭い香り。

若い血潮を持て余す者なら、砂浜から延びる大海原を見て「海だー《ウェミダー》！」と叫ばずにはいられないだろう。

……だが、俺はとてもそんなテンションにはなれないでいた。

「それでは皆さん、楽しい合同合宿の始まりです！　目一杯楽しみましょうね！」

集まった生徒たちに対し、ハキハキと挨拶するパウラ先生。

海が見える丘の上に建てられた三軒のペンション。

その庭先に集められて、整列する俺たち王立学園の生徒。

気分はまさに林間学校だ。

……やや殺伐とした雰囲気ではあるが。

Eクラスの連中なんて、明らかに敵を見る目で俺たちのことを見てくるし。

ちなみに、俺が魔法でけちょんけちょんにしてやったミケなんとかってEクラス〝王《キング》〟は姿が見えない。

まさかもう退学したのか？

いや、流石に早すぎる気もするが……。

ま、いっか。

別にどうでもいいし。

「──各クラスの皆様方、私が今回の合同合宿を発案した、ライモンド・クアドラです。よろしくお願いします」

パウラ先生の隣に立ち、にこやかに笑って挨拶する片眼鏡の男。

Dクラスの担任、ライモンド・クアドラ。

年齢はおよそ三十半ば〜四十歳くらいで、一見すると温和な感じの優男だ。

が──どことなく影がある。

一言で言うと、怪しい。まとっている雰囲気が。

さりげなく〝なにかを隠してる〟ような気配があるというか。

これぱかりは直感だけどさ。

でもただのお人好しってだけの人物じゃないのは、たぶん間違いないと思う。

じゃなきゃ、俺がEクラスの〝王《キング》〟をけちょんけちょんにした後で合同合宿なんて提案するかね、普通。
・・・・・・・
なにかしてくる可能性も十分に考えられる。

得てしてこういう奴ほど裏があったりするしな。

もっとも……それとは別に、かつて魔法省に所属していたというだけあって高い魔力を感じるのも事実。

かなりの実力を持った魔法使いであることは間違いないだろう。

「今回の合宿は私が担当責任者、Eクラスのフリアン先生とFクラスのパウラ先生に補佐を務めていただきます。各々がより一層勉学と魔法に精通できるよう努めさせていただきますので、どうぞよしなに」

――よく言う。

今回の合同合宿、実際は〝Dクラスのための強化合宿〟って言った方が正解なんだろ？

本音じゃ自分の持ちクラスに他クラスを蹴落とさせて、この機会にポイント稼ぎさせようって魂胆のはずだ。

でなけりゃ、そもそも蹴落とし合いを是とする王立学園で馴れ合いの合宿なんてするはずないだろって。

ま――俺とレティシアがいる限り、そう上手くはいかせないけどな。

「それと……今回は魔法省から特別講師の方をお呼びしております」

ライモンド先生が言うと――突然、彼の隣にフワリと女性が出現する。

瞬間、ザワッとどよめく生徒たち。

転移魔法――いや、違うか。

以前サイクロプスと戦った時のような魔法陣は見当たらない。

恐らく身体を透明にする魔法でも使っていたのだろう。

それを解除して、さも瞬間移動でもしたように見せた感じか。

どっちにしたって、非常に高度な魔法であることは間違いない。

オマケに今まで気配を感じなかった。

やっぱり――流石だな。

そんな女性の姿を見たレティシアは、

「――――お姉……様……!?」

非常に驚いた様子で目を丸くする。

さしものレティシアでも、彼女の登場は予想できなかったらしい。

よしよし、愛妻へのサプライズ大成功。

現れた女性は指先でスカートを摘まむと、自己紹介をする。

「初めまして、王立学園の皆様。私は魔法省に勤めるオリヴィア・バロウと申します」

「バロウ……？　バロウってまさか、バロウ公爵家……!?」

「ってことは――！」

「まさか、レティシア夫人のお姉さんですの!?」

「す、凄い、そっくりです……！」

Dクラスや E クラスの生徒は勿論、Fクラスの面々も大層驚いた様子。

特に女子たちの反応は見ていて面白い。

だけど、そりゃ驚くよなぁ。

マジでレティシアそっくりなんだもん。

オリヴィアさんはチラッとレティシアの方を見ると、

「今回の合宿は特別講師を務めさせていただきますので——よろしくね」

▲▲▲

「レティシア！　会いたかったわぁ！！！」

挨拶が終わった後の休憩時間。

待ってましたとばかりに、オリヴィアさんは勢いよくレティシアに抱き着いた。

「お、お姉様、苦しい……！」

「ああ、私の可愛い可愛い妹……！　ずっとずっと心配してたんだから！」

スリスリ、スリスリ。

もう全力で妹に頬擦りするオリヴィアさん。

本当の本当に、心の底から心配していたのだろう。

彼女の所作からそれが十分過ぎるほどに伝わって来る。

うんうん、わかるぞ……。

レティシアと離れればなれになるなんて、つら過ぎるもんな……。

誘拐なんてされようもんなら、相手を皆殺しにしたくなっちゃうレベルだよな……。

激しくオリヴィアさんに感情移入し、一人で頷く俺。

「で、でもどうしてお姉様が……？　アルバンは〝魔法省に知り合いがいる〟としか……」

「ええ、私と彼は立派なお知り合い。少し前に偶然城下町で知り合ったのよ」

「……アルバン、私に隠してたのね」

むすっとした顔でこちらを見てくる我が妻。

対して口笛を鳴らして顔を逸らす俺。

俺としても隠し事をするのは心が痛かったのだが、それ以上に彼女の喜ぶ顔が見たかったのだ。

だから怒らないでほしいなぁ、なんて。

……秘密にしてた罪悪感が余計に強くなるから。

「だけど元気そうでよかったわ。それに少し会わない間にまた綺麗になったわね」

「や、やめてよ……もう子供じゃないんだから……！」

「ウフフ、姉にとって妹はずっと子供みたいなものよ」

レティシアの頭を微笑ましそうに撫でるオリヴィアさん。

それに対してレティシアは恥ずかしそうに頬を赤らめる。

お？　これは意外な一面。

あのレティシアが子供扱いされる一面が見れるとは。

普段の彼女は年齢以上に大人びているから、これはギャップを感じざるを得ない。

あまりの可愛らしさに、思わず胸がドキリとする。

改めて妻にときめいてしまいそう……。

ヤダ、これが恋……？

などと思っていると、レティシアの表情が少しだけ曇る。

「でも……お姉様が私に会うのは、お父様がいい顔をしないんじゃ……」

「そんなの気にしないの！　これは魔法省の正式な業務なんだから、お父様にだって文句は言わせないわ。それより――」

続けてオリヴィアさんは、俺の方を見る。

「……いい旦那様に巡り合えたわね、本当に」

「お姉様……」

「アルバン・オードランがあなたを大事にしてくれる人であって、心からよかったと思う。彼になら妹を任せられるもの」

パチッとウィンクしてくるオリヴィアさん。

レティシアもどこか嬉しそうに微笑み、

「――ええ。私もアルバンが夫であって、心からよかったと思うわ」

そう、言ってくれた。

お、おおう……。

なんだか改まって言われると、流石に少し照れるな……。

でも……嬉しいね。

彼女にそう言ってもらえるのは、さ。

「さて――それじゃあ、感動の再会はここまでにしておきましょう」

パンッとオリヴィアさんが両手を叩く。

仕切り直しだ、と言うかのように。

「一応私も魔法省の人間として来ている身だから、しっかりお勤めは果たさせてもらいます」

▲▲▲

こうして始まったオリヴィアさんの魔法指導。

魔法省の役人を務められるほどなのだから、その手腕に疑念はなかったが――実際は想像以上だった。

「そう、自分が魔法を使う様子をイメージするの」

「おへその奥から魔力を湧き上げて、それを放つ感覚で」

「魔法とは、確かに個々の持つ才能に左右されるものではありません。でもそれが全てではありません。あくまで大事なのは、反復練習と想像力、そしてちょっとの工夫なのです」

――オリヴィアさんの指導はわかりやすく、猶且つ的確だった。

小難しい用語を使ったりだの、自分の実力を見せつけるだのといったことを一切せず、完全な魔法初心者でも理解できるように基礎を教えていく。

お陰でたった一日で、D～Fクラス全員の魔法レベルが上達。

Fクラスの中で言えばローエンやエステルなんかはやや魔法を苦手としていたのだが、その二人も魔法の出力を上げることに成功。

これは地味に驚異的なことだと思う。

俺がセーバスの下で魔法の訓練を行った時は、出力を上げるのに一週間ほども時間を要した。

剣と同じく、魔法・魔力の扱いにはセンスが問われる。

自分が魔法を発動した際の光景を、どれだけ具体的にイメージできるか……これは感性の世界と言ってもいいかもしれない。

その感性を磨くというのは、中々難しい。

特に短期間のうちに磨くとなれば、教える側にも高いセンスや感性が求められる。

そう考えると、セーバスは指導者として優れた感性の持ち主だったと改めて思えるが——オリヴィアさんはそれ以上だろう。

以前俺が受けた幻術魔法も然り、魔法省部長の肩書きは伊達じゃないってワケだ。

「いい感じねシャノアちゃん。とっても呑み込みが早いわ」

「そ、そうでしょうか……？」

「ええ、あなたは魔力量も多いし勘がいいみたい。きっと優れた魔法使いになれるわ」

「え、えへへ……」

シャノアは生徒たちの中でも素質があるらしく、飛躍的な成長を見せていた。

勉強でも武術でも〝良い教師と出会うとたった一日で人は化ける〟などと言われることがある。

これから彼女がどういう魔法使いになっていくのか、楽しみだな。

▲ ▲ ▲

《オリヴィア・バロウ視点《Side》》

「――流石、お変わりないようですね。あなたは魔法を扱うのも教えるのもお上手だ」

背後から話しかけられる。

ライモンドの声だ。

「……言っておくけれど、お世辞を言ってもなにも出ないわよ」

「そんなつもりで言ったワケじゃありません。事実を事実として述べただけです」

相変わらずの微笑を浮かべ、ライモンドは私の隣にやって来る。

――私とライモンドは、一応顔見知りだ。

元々、彼は私と同格の役職に就いていたのだから。

まさかこんな形で再会するとは……。

私個人としては、できれば会いたくもなかったのだが。

「しかし驚きましたよ。Ｆクラスが魔法省から特別講師を招待したいなどと言い出したかと思えば、まさかあなたが派遣されてくるなんて」

「あら、未来ある学生に魔法を教え伝えるのも立派な業務ですもの。頼まれれば喜んでやらせていただきますわ」

「フフ、実際は妹君に会いに来ただけではありませんか？」

——相変わらずデリカシーのない。

私は昔から、相手に対してあまりに配慮が欠けるライモンドが好きではなかった。

「お好きなように解釈してくださって結構よ。ただ、無責任な真似はしないとだけ言っておきましょうか」

「それは重畳」

「それより……あなた王立学園の教師なんてやってたのね。魔法省を追われてから、一体なにをしているのかと思っていたけど」

「私、天才魔法使いですから。居場所など幾らでもあるのですよ」

明け透けに言ってのけるライモンド。

やっぱり、こういう自信家な部分も相変わらずね。

「その言い草だと、あまり反省していないようね。——魔法省が〝禁忌〟とした魔法に手を出したことを」

「ああ……あれは惜しかった。あともう少しで、歴史を覆す大魔法が生まれていたというのに」

——その言葉を聞いた瞬間、私はいつでも攻撃魔法を放てる心の準備をした。

場合によっては、今この場で彼を罰しなければならない——そう思って。

「とはいえ、流石に反省していますよ。ですから研究からも手を引いて、こうして粛々と教務に就いているワケですし」

「……」

「そんなことより……あなたの妹君夫妻、レティシア・バロウとアルバン・オードランですが――あれは素晴らしい」

突然話題を変えたかと思うと、彼は感嘆とした様子で言う。

唸るように、恍惚とするように。

「あの二人は可能性の塊だ。オードラン男爵の魔力は言わずもがな、レティシア嬢からもあなたに負けず劣らずの才を感じる……。我がクラスに編入されなかったのが、残念で仕方ありません」

そう話すライモンドの瞳には、好奇心が宿っていた。

魔法を研究する者ならば誰しもが持ち得る、しかし明らかに異常な好奇心。

私はその眼から、以前と変わらぬ危うさを感じ取った。

「……そうならなくて幸運よ。人をあれ呼ばわりする人間の下へなんて、妹を預けられるものですか」

「おっと、失言でしたか？　これは失礼、ですがこちらに悪意はありませんよ」

ハッハッハと笑って、彼は一歩前へ出る。

「それにほら……あの二人は婚約して間もないでしょう？　その幸せを、教師の私が壊すはずないじゃないですか」

微笑でそう言って、「さあ、次の授業項目へ移りましょう」と生徒たちの下へ歩いていった。

私たちは私たちの関係であればいい

オリヴィア特別講師による魔法指導は順調に進んでいた。

授業は滞りなく進み、休憩時間に入った時のことである。

「――オードランご夫妻、ちょっとよろしいかしら？」

「ん？」

俺とレティシアは。とある二人組の生徒に声を掛けられる。

見るとDクラスの生徒で、男女のペアだった。

女の方はセミロングの黒髪と紫色の口紅が特徴で、男の方は前髪を切り揃えた金髪ボブが特徴。

雰囲気からして、見るからにどちらも貴族出身という感じ。

二人はニヤニヤと笑みを浮かべながら近付いて来ると、先に女の方が口を開く。

「ご挨拶がまだ済んでいなかったと思ってね。私はDクラスのエミリーヌ・ガーニ、こっちは私の恋人でクラスの〝王《キング》〟バス・カシミール。どうぞ以後お見知りおきを」

「はぁ……」

「おいおいエミリーヌ、僕を〝王《キング》〟と呼ぶならキミも〝王妃《クイーン》〟と名乗るべきだろう？」

「やだわバスったら、〝王妃《クイーン》〟だなんて！」

「アハハ」

「ウフフ」

……俺たちは、一体なにを見せられているのかな？

なんかいきなり目の前でイチャイチャし始めたんだが？

いやまあ、愛する人とイチャつきたい気持ちはわからんでもない。

俺だってレティシアとイチャイチャするの大好きだし。

でもわざわざ目の前に来てやるなよ……。

っていうか絶対ワザと見せつけてるだろ、コイツら。嫌みかって。

レティシアもため息を漏らしつつ、

「それで、私たちになんのご用かしら？」

「ご挨拶だと言ったでしょう？　あなたたちは夫婦だと伺ったものですから、とても興味があったの」

「だが……こうして直に会ってみると、やはり確信してしまうな」

「ふぅん、なにを？」

「決まっているじゃない。私たちの方が――カップルとして上だってことよ！」

「「…………はあ？」」

俺とレティシアの声が、思わずハモる。

エミリーヌとバスはお互いを抱き寄せ、

「恋愛というのは、如何に他者より幸せな関係を築けるかを競うものよ！」

「その通り！　どれだけ素敵なパートナーを見つけ、どれだけ愛されているかを見せつけるものなのだよ！」

「そういうこと！　ご覧なさいな、私の素晴らしいバスの姿を！　カシミール侯爵家出身で容姿端麗、剣も魔法も右に出る者がおらず、貴族としての品格も備えてる！　完璧よ！」

「いやぁそれほどでも、アハハ」

「……つまりあなたは、アルバンよりも自分の恋人の方が優れていると自慢しに来た、ということかしら？」

「それだけじゃなくてよ？　あなたちなんかより、私たちの方がずっとお互いを愛し合ってるもの！」

ああ……要するにマウントを取りに来たと。

実に貴族らしいというか、なんというか。

婚約者、妻、夫——自分のパートナーがどれだけ優れているかを誇示するのは、貴族社会ではよくある光景だ。

でもなぁ、悪いけど俺たちだって立派に相思相愛な関係なんだぞ？

それにパートナー自慢なら、レティシアは絶対世界で一番の嫁だから。

お前なんかより一億倍は最高だから。

ここは少しばかり言い返して——

「……くだらない」

ポツリとレティシアが言う。

すると彼女はエミリーヌたちに背を向け、

「行きましょうアルバン。こんなおままごとに付き合っていられないわ」

「なっ……お、おままごとですって⁉」

「ええ、くだらないおままごとね」

ハッキリとそう言い捨て、つまらなそうな目をエミリーヌたちへと向けるレティシア。

「だってあなたたちは、他者と比較しないと自分のパートナーを肯定もできないのでしょう？」

「うっ……⁉」

「私とアルバンの〝愛〟は、他人と比べるようなモノではないわ。私たちは私たちの関係であればいい。比べることでしか自尊心を満たせないなんて……あなたたちは不幸な人ね」

流し目でそう言い残し、彼女は俺を連れてその場を去る。

去り際に、彼女たちがもの凄い形相で睨んできた気がするが……気にしないでおくか。

▲ ▲ ▲

「──皆さん魔法の技術が上がったことですし、せっかくなのでクラスで魔法対決をしましょうか！」

それは突然のことだった。

思い付いたかのようにパウラ先生がそんなことを言い出したのだ。

俺は白い目で彼女を見て、

「いや、なにがせっかくなんですかね……」

「技術が上がったなら競い合うべきですから！」

相変わらずニコニコなパウラ先生。

その横でライモンド先生はパチパチと拍手し、

「それもそうですね。オリヴィア特別講師に対決の様子を見てもらえるのは、いい刺激になるはずです」

いやアンタもノリノリかよ。

まあもっとも、言ってること自体は間違ってないかもしれんけど……。

でも正直気乗りはしないなぁ。

ただでさえ以前Eクラスのミケなんとかを叩きのめしたばかりだし。

などと俺が思っていると――

「……面白そうね、ぜひやりましょう」

Dクラスの中からそんな声が上がった。

声の主は、さっきのエミリーヌである。

――お？

意外だな。

〝王《キング》〟のバスじゃなくて、彼女の方が名乗り出てくるとは。

「ところで、対決の相手は指名してもよろしいかしら？」

「ええ、ご希望があれば！」

「では……お相手はＦクラスのレティシア・バロウを」

実に嫌悪を感じる苛立った声で、エミリーヌはレティシアの名を口にした。

——ザワッとどよめく生徒たち。

俺はすかさず、

「駄目だ」

ハッキリと、相手からの指名を拒否した。

「レティシアがやるくらいなら俺がやる」

「それは、対決を拒否するということでしょうか？　それだとＦクラスからポイントを引くことになりますね！」

「そんなの全然構わ——」

「アルバン、私なら大丈夫だから」

レティシアは、俺を諫めて前へと出る。

あくまで冷静な様子で。

「ちょっ、レティシア……！」

「あの事件以降、私が練習していたのは知っているでしょう？」

「だ、だけどなぁ……」

「心配してくれてありがとう。でも、守られてばかりではいられないもの。だから……見ていて頂戴」

微笑を浮かべてそう言うと、レティシアはエミリーヌと相対する。

二人は教師や生徒たちに見守られる中、

「……よくもさっきはコケにしてくれたわね。タダじゃおかないから」

「あら、先にマウントを取ろうとしてきたのはそちらでしょう？　逆恨みなんて、余計にみっともないのではなくって？」

「ッ！　黙らっしゃい！」

憤怒したエミリーヌは、バッと腕を上へと突き上げる。

そして手の平に魔力を集中させ、

「──〔アイシクル・レイン〕！」

魔法を発動。

氷の槍が、頭上に大量に生成される。

「食らいなさい！」

エミリーヌは氷の槍の弾幕を、レティシア目掛けて一斉に発射。

〔アイシクル・レイン〕は氷属性のAランク魔法。

あんなものを受けたら、生身の人間などひとたまりもない。

俺は反射的に身体が動く。

すぐに彼女を助けに入ろうとする。

反則だと言われようがポイントがどうだと言われようが関係ない。

このままじゃレティシアが殺される――そう思ったからだ。

しかし、

「あら、氷の魔法を使えるのね。でも――」

レティシアは手を掲げ、魔力を集中。

そして、

「――〔フリージング・フィールド〕」

魔法を発動した。

刹那――彼女の周囲に〝霜〟が舞い始める。

霜はさながら絶対零度のバリアとなって、飛翔する氷の槍たちをさらに凍らせ固めて、動きを止める。

それはまるで、氷の槍の時間を凍らせてしまったかのよう。

膨大な数だった氷の槍の弾幕はその全てが空中で停止。

最後にレティシアがパチンと指を鳴らすと、氷の槍の弾幕は一斉に砕け散った。

――〔フリージング・フィールド〕。

レティシアが誘拐事件を経て、護身のために習得した防御特化の魔法。

それも氷属性のSランク魔法である。

粉々になってサラサラと風に流されていく氷の槍の弾幕を見たエミリーヌは、唖然。

「は……あ……？」

「残念ね。氷の魔法が得意なのは、あなただけじゃないのよ」

▲　▲　▲

《レティシア・バロウ《オードラン》視点《Side》》

——無力なままでは駄目だ。
あの誘拐事件の後、私は明確に意識するようになっていた。
私には、自分自身を守る力すら足りていないと。
確かに、あの時はシャノアと共に上手く檻から脱出できた。
でも脱出の後、もしアルバンが助けて来てくれていなければ？
私たちは本当に無事逃げおおせていただろうか？
……わからない。
正直に言って、自信がない。
結局のところ、私はアルバンに守ってもらっているのだ。
アルバンがいてくれなければ、満足に自衛すらできない。
——夫に頼ってばかりではいけない。
最低限の魔法や護身術を学んではいたけれど、それでは足りな過ぎる。

そう自覚してからは、より強力な魔法を使えるようになるべく訓練を開始。

既に様々な魔法を会得しているアルバンに色々と教えてもらいながら、幾つかの高位魔法を習得。

私は元々魔力量が多い方だったから、BランクやAランクの魔法を覚えるのはそこまで難しくなかったわ。

とはいえ流石に、覚えたSランク魔法はまだ二つしかないけれど。

勿論、こんなんじゃまだまだアルバンの足元にも及ばない。

もっともっと訓練を続けていく必要があるだろう。

でも今は――

「う、嘘……！　どうしてレティシア・バロウなんかが、そんな高位魔法を……!?」

「これでも修羅場を潜っているものですから。たぶん、あなたよりもずっとね」

「このッ、馬鹿にしないでよ！　――〔フレイム・ブレス〕」

氷属性の魔法では不利と悟ったのか、エミリーヌは次に炎属性の魔法を発動。

勢いよく噴射される火炎が襲い来る。

――氷属性と炎属性は相性が悪い。

同じ魔力なら、氷属性の魔法では力負けしてしまうだろう。

でも……お生憎様。

「――〔ブリザード・サンクチュアリ〕」

ゆっくりと右手を掲げ、魔力を集中。

そして今の私が使える、最高のSランク魔法を発動した。

――刹那、周囲の様相が一変する。

大地は凍り付き、猛吹雪が吹き荒れ、白雪と雹が宙を飛び交う。

まるで氷の世界に包まれてしまったかのように。

相性が悪いにも拘わらず、絶対零度の吹雪はエミリーヌの〔フレイム・ブレス〕を掻き消す。

私の魔力が、彼女の魔力を完全に上回った証拠だ。

さらに吹雪の聖域に取り込まれたエミリーヌの四肢は凍り付き、身動きまで封じてしまう。

「そ、そんな……!? こんなの嘘よ……あり得ない……！」

「――勝負あり、ね」

手足を動かせない彼女へと歩み寄り、その額へ人差し指を立てる。

「勝負あり！ この対決、レティシア・オードランさんの勝利です！」

パウラ先生が宣言。

彼女は続けてオリヴィアお姉様やライモンド先生の方を見て、

「お二方も、レティシアさんが勝者ということでよろしいですよね！」

「ええ、勿論。どう見ても彼女の勝利ですわね」

「……私も、異論ありません」

とても嬉しそうに微笑んでくれるお姉様と、表情を変えないがどこか悔しそうにするライモンド先生。

ふぅ、よかったわ。

お姉様やアルバンに、少しはいいところを見せられたかしら。

「それではお二人の同意も得られましたので――Ｄクラスは10ポイント減点、Ｆクラスに10ポイント加点です！」

▲▲▲

一日目の授業を全て終え、夕食の時間。

俺たち学園生はクラスごとに別れ、ペンションの傍でバーベキューをしていた。

――のだが、

「……ねえ、アルバン」

「ん～？　なんだレティシア？」

「ちょっと、食べづらいのだけれど……」

俺はずっと、レティシアを背中から抱き締めていた。

両手をお腹らへんに回してバックハグし、べったりと彼女に密着。

もう片時も離れたくない。

「いやぁ、レティシアは本当に頑張ったよ。本当の本当に頑張った。俺はもう全力で褒めたい。凄いぞレティシア」

「そ、それはありがとう……」

「それに怪我もしなくてよかった。俺は心配で心配で……」

「もう……私なら大丈夫だって言ったでしょ?」

彼女は苦笑し、焼かれた肉を俺に食べさせてくれる。

うん、美味い。

至福の時間だ。

「お、お二人は本当に、仲良しさんですねぇ……」

「ええ、まったく呆れるラブラブっぷりですわ……。見ているこちらが恥ずかしくなってしまいますわね」

俺たち夫婦を見て微妙に気恥ずかしそうにしつつ肉や野菜を焼いていくシャノアと、焼かれた肉を凄い勢いでパクパクと口に放り込んでいくエステル。

なんだよ~、別に見せモンじゃねーぞ。

俺はただレティシアとイチャイチャしたいだけなの。

続けてラキも不服そうに頬を膨らませ、

「ちょっと~、レティシアちゃんばっかりズルい~！　はいアルくん、あ~ん☆」

「いらん。自分で食え」

フォークに刺された肉を差し出してくるラキに対し、いつも通り拒否する俺。

悪いが俺はレティシア以外から〝あ~ん〟されても一ミリも嬉しくないんでな。

そんな感じの俺たち夫婦や女子組を、イヴァンたち男子組はやや遠巻きに見守る。

「……ところで二人共、昼間の対決――なにか違和感を感じなかったか？」

はむっと肉を食べつつ、イヴァンがそんなことを聞いてくる。

「違和感って？」

「エミリーヌ嬢が使った魔法……どう見ても彼女の魔力量に釣り合っていなかった」

そう言われて、「ああ」と俺も思い出す。

確かにそれは俺も感じたな。

レティシアも頷き、

「私も気付いたわ。あれは一体どういうことなのかしらね」

「さあな。だがもしかすると……ライモンド先生が関係しているのかもしれない」

「？　ライモンド先生が？」

「おいおい、そりゃ関係してるに決まってるだろ。Dクラスはあの人が受け持ってるんだから」

分かり切ったことを言うな、という感じで俺は言うが――イヴァンは首を横に振る。

「いや、そんな単純な問題じゃない。キミたちは知らないかもしれないが……あの人にはちょっとした噂があるんだ」

――その一言を聞いて、レティシアの表情が強張る。

「……噂って？」

「スコティッシュ公爵家は魔法に縁の深い家柄だから、魔法絡みの話は色々と耳にする機会があってね。それで以前聞いたんだが……なんでも彼は、かつて〝禁忌〟の実験に手を出した過去があるとか」

「〝禁忌〟の実験？　なんだそりゃ？」

「詳しくはわからない。あくまで噂だからな。だがそれが原因で魔法省を追われたとも聞く」

「……」

黙って話を聞くレティシア。

イヴァンも眼鏡をかけ直し、

「王立学園の教員となってからは改心し、魔法の実験からは完全に手を引いたと聞いていたのだが……注意しておくに越したことはないかもな」

「ふーん。ま、レティシアに害がないならどうでもいいけど」

俺は改めて、ギュッとレティシアを抱き締める。

「だが……レティシアに手を出すなら、生徒だろうが教師だろうが蹂躙するだけだ」

禁忌の代償

——夜。

夕食後の空いた時間、俺はレオニールやローエンと共にペンションの外に出て、武術の鍛錬をしていた。

剣の道は一日にしてならずってな。

一日だって柄を握らない日があってはならない。

武人肌であるローエンもその辺りはよくわかっているらしく、最近は空いた時間にレオニールを誘って稽古に勤しんでいるとかなんとか。

そして今現在、俺はローエンに稽古をつけてやっているのだが――

「むぉぅッ⁉」

「勝負あり。オードラン男爵の勝ちだね」

まるで羽毛のように大柄な身体を吹っ飛ばされ、地面に背中を突くローエン。

その有り様を見て、笑顔で楽しそうに判定を下すレオニール。

剣においては実戦に勝る訓練なし――ということで、俺とローエンは実戦さながらに組み打ちを行っていた次第。

「む、むぐぐ……やはりまだまだオードラン男爵の足元にも及ばんか……」

こちらの斬撃をガードし切れず、戦斧を持つ手を痺れさせたままのローエンは、なんとも歯痒そうに立ち上がる。

俺は剣をポンポンと肩に乗せ、

「いや、足元くらいには強くなってると思うぞ。少なくとも、最初に俺と三対一で戦った時よりはずっとマシだ」

「なに⁉　ほ、本当か⁉」

「嘘吐いてどうすんだって。ま、お前は魔法よりか武芸の方がずっとセンスあるよ」

「うむ、まさに。魔法の訓練はどうも頭を使い過ぎてな……武器を振るっている方が、俺の性に合っている」

戦斧を肩に担ぎ、やや難しそうな顔でローエンが言う。

するとレオニールも同調するように「うんうん」と頷き、

「わかるよ。魔法が嫌いとは言わないけど、剣を振るっていた方が気持ちがいい」

「うむうむ、武芸は人生だ。……ところでレオニール、少し思ったことを聞いてもいいか？」

不意に、ローエンがレオニールに尋ねる。

「ん？　なんだい？」

「お前はどこで剣を習ったのだ？　お前の腕前は実に見事だが、流派がわからん」

「流派なんて大したものはないよ。地元の師範から少し手ほどきを受けて、後は幼い頃から遊び道具代わりに剣を振るってただけさ。ほとんど我流と言ってもいい」

「ううむ、我流でそこまで腕を磨けるとは半ば信じ難いが……」

「そういうローエンこそ、どこで武術を？　それにキミは、なんというか、その……」

「あまり貴族らしさを感じない、か？　当然だ。俺は貴族などではなく〝職業騎士〟の家に生まれたのだからな」

フン、と鼻を鳴らして言うローエン。

ああそうか、〝職業騎士〟の……。

俺は一人、内心で頷く。

——一般的に位の高い騎士は貴族出身の者が就くことが多く、特に指揮官クラスともなるとそれが顕著となる。

だが一言で騎士と言っても、その役割は様々。

当然、武器を携えて戦場の最前線へ斬り込んでいく者も求められる。

しかし貴族出身者をおいそれと前線に放り込むワケにもいかない。

そこで活躍するのが〝職業騎士〟だ。

彼らは戦いを生業とする正真正銘の戦士。

基本的に爵位こそ持たないが、家柄によっては貴族に次ぐ権力を持つ場合もある。

また戦場で武勲を上げることを重んじており、国のために命を捧げることを善しとする思想があるため、血気盛んで士気も高い。

そんな者たちだからか、王国騎士団・最高名誉騎士団長であるユーグ・ド・クラオン閣下なんかは〝職業騎士〟たちを重用することで知られていた。

そんな〝職業騎士〟は腕自慢の平民出身者が召し抱えられる場合も多く、貴族よりかは平民に近い存在なのも特徴だ。

レオニールは納得したように苦笑し、

「……なるほど、どうりでオレが平民であることをあまり気にしていなかったワケだ」

「騎士は国を守り、民を守るのが務め。その民を蔑んでなんとする」

「立派な心掛けだね。オレも見習わないと」

「ハッハッハ、もしよければレオニールも〝職業騎士〟になるか？　お前ほどの腕ならば、すぐに成り上がれるだろうな」

「いや、少なくとも今は遠慮しておくよ。オレにはオードラン男爵という大きな目標があるから」

そう言って、こちらに熱視線を向けるレオニール。

やめろよなぁマジで……。そんな気色悪い目で見るなよ……。

俺を超えることが目標とか、それを聞かされる度にこっちは背筋がヒヤリとするんだからな？

ホント、俺の関係ないところで勝手に強くなってくれ。頼むから。

——なんて思っていると、

「皆、お疲れ様。そろそろひと段落ついたかしら？」

我が愛しの妻、レティシアがやって来る。

さらにその後ろには、湯気立つティーカップが三つ乗ったトレーを抱えるシャノアの姿も。

「よ、夜遅くまでお疲れ様です。皆様のために栄養たっぷりの蜂蜜レモンティーを淹れてきましたので、ど、どうぞ！」

「ウフフ、シャノアったらあなたたちを気遣って、なにか差し入れできないかって言い出したの」

「レ、レティシア夫人……！　そ、それは言わないでってお願いしたじゃないですかぁ……！」

恥ずかしそうに頬を赤くするシャノア。

それを聞いたローエンは嬉々とし、

「おぉ、それはありがたい！　早速頂くとしよう！」

我先にとシャノアの下へ近付いていく。

続くように、レオニールも彼女の下へ。

俺はレティシアの方へと歩み寄り、

「いいトコあるじゃないか、シャノアの奴。……でも実はレティシアの提案だったりして」

「まさか、違うわよ。私はただお手伝いしただけ」

レティシアはトレーに乗ったティーカップの一つを手に取り、

「はいどうぞ。蜂蜜レモンティーは疲労回復によく効くそうよ」

「へぇ、そりゃ助かる」

レティシアからティーカップを受け取り、湯気立つ紅茶を一口。

すると――「おや？」と思った。

「……もしかして、俺の分ってレティシアが淹れてくれた？」

「あら、バレちゃった？　どうしてわかったの？」

「蜂蜜が多めで、凄く甘くしてあるからさ。俺の好みをわかってるなって」

続けて俺は紅茶を口の中に流し込む。

そこそこ甘ったるいけど、それが美味い。

身体の疲労も回復していくような気がする。

「美味しいよ、レティシア。ありがとう」

「フフ、どういたしまして」

可愛らしくはにかんで見せるレティシア。

ああ～……いいなぁ、こういうの。

まさに夫婦のやり取りって感じで幸せ……。

などと、俺が幸福を噛み締めていた――その時だった。

「――あれ？」

不意に、レオニールが声を上げる。

同時に俺も、こちらに近付いて来る人影に気が付いた。

日が落ちているため、俺からはよく顔が見えなかったのだが――ローエンが最初にその人相を識別する。

「……ミケラルド？　Eクラスのミケラルドか？」

「ク……ククク……」

そこに立っていたのはEクラスの〝王《キング》〟、ミケラルド・カファロだった。

奴は両腕をだらりと下げ、小さく笑っている。

なんか……様子が変じゃないか……？

ローエンはミケラルドの下へと近付いていくと、

「こんなところでなにをしている？　貴様、昼間の授業は――」

そんなふうに声をかけた。

その——刹那。

「クク……——〈シャドウ・エッジ〉！」

突然ミケラルドが魔法を発動。

闇属性の斬撃がローエンの身体を斬り裂き、血しぶきが舞う。

「が——あ——ッ!?」

「きゃ……きゃああああああああああッ！！！」

シャノアがトレーを地面に落とし、悲鳴を上げる。

反射的にレオニールと俺は剣を手にし、

「ローエン!?　この……ッ！」

「報復のつもりか。面倒くさ」

挟み込むようにミケラルドへと斬りかかる。

しかし、

「クヒヒ！」

次の瞬間、ミケラルドの身体がドロリと融解。

魔力の液体となった身体は地面へと染み込み、俺たちの目の前から完全に消えた。

その光景に、レオニールも俺も驚愕する。

「なっ……!?　き、消えた!?」

「……どこへ行きやがった？」

——姿を隠す類の魔法か？

いや……この魔力の感じ、もっと上級な魔法の気配がする。

おそらくは〝転移魔法〟の一種だろうが、なんであのミケラルドがそんなハイレベルな魔法を使えるんだ？

以前〝魔法演習〟の授業でやり合った時には、アイツにそれほどの技量はなかった。

それにローエンへ魔法を放った瞬間、奴から感じた途方もない量の魔力……。

以前とは比べ物にならない。

魔力の量も質も、まるで別人のようだ。

オマケに……前よりも、遥かに禍々しい感じがする。

俺への報復に来たのは間違いないだろうが……一体どんな手品を使ってやがるんだ……？

少し警戒した方がいいかもな——俺がそう思った、その矢先。

「きゃ——あ——っ⁉」

「クヒヒ！　捕まえたぁ……！」

——反射的に、声のする方へ振り向く。

すると俺の目に映ったのは——背後からレティシアに掴み掛かり、彼女を捕縛したミケラルドの姿だった。

「——————レティシアに、触るな」

頭の中でプツンという音がする。

怒りと殺意が瞬間沸騰し、考えるよりも早く足が動く。

そして出せる限りの全速力で、俺はミケラルドへと斬りかかる。

だが――

「クヒヒ……！」

俺の刃が届くよりも先に、ミケラルドは両足を融解させて魔力の液体を足元に展開。

レティシアを掴んだままズプンッと液体の中へと沈み――俺たちの前から姿を消した。

▲ ▲ ▲

「クヒ……ヒ……！」

――レティシアを攫ったミケラルドは、とある洞窟の中を歩いていた。

そこは非常に暗くジメジメとしており、人間にとって極めて居心地が悪い。

だがミケラルドは環境のことなど気にせず、洞窟の中を前へ前へと進んでいく。

「う……ん……」

意識を失い、まるで連れ去られた姫君のように眠るレティシア。

ミケラルドはそんな彼女を抱えて、

「や、やった……やったぞ……！　やっぱり僕は有能だ……！」

口元を歪め、ニヤリとほくそ笑む。

だが彼の顔面は血の気が引いて真っ青で、目はギョロリとして血走っている。

呼吸も荒く――何故かとても苦しそうだ。

「……おや、これはこれは」

洞窟の奥から響く、ミケラルドを迎える声。

直後、暗闇の中から現れたのは――道化師の仮面を身に着けた男〝串刺し公《スキュア》〟である。

「まさか本当にレティシア嬢を攫ってきてしまうとは。正直に言って驚きでありますな」

「ク、クヒヒ……僕はやったぞ……！　だ、だ、だから、ははは早く……コレを外してくれぇ……ッ！」

〝串刺し公《スキュア》〟の前で跪き、懇願するように頼むミケラルド。

そんな、憐れにすら見える彼の首元には――小さな宝石が付いたネックレスが下げられていた。

「申し訳ありませんが、小生はその外し方を知りません。小生ではなく、彼にお願いすべきでは？」

そう言って、チラリと後方を見やる〝串刺し公《スキュア》〟。

「どうやら、〝呪装具〟の研究は順調なようでありますなぁ――ライモンド先生」

「――当然です。なにせこの私、天才魔法使いの作品なのですから」

コツコツ、という洞窟に響く足音。

同時に暗闇から姿を現したのは――Dクラスの担任であり、かつてオリヴィア・バロウの同僚でもあった男、ライモンド・クアドラであった。

ライモンドはニコニコと笑みを浮かべながらミケラルドの下に近付き、彼の首元のネックレスを見つめる。

「それにしても、やはり〝呪装具〟の力は偉大だ……。身に着けるだけで着用者に莫大な魔力をもたらし、魔力量の少ない人間でも簡単に高位魔法を使えるようになるのですから」

「ええ、まったく。この程度の凡夫がオードラン男爵を出し抜き、レティシア嬢を攫ってこられたとなれば……認めざるを得ませんな」

〝串刺し公《スキュア》〟は少しばかり感嘆とした様子だったが、すぐに不思議そうに小首を傾げる。

「ですが、魔法省は〝呪装具〟の研究及び製作を固く禁じているはず。これほど便利なのに、一体何故なのでしょうな？」

「ああ、些細な問題のせいですよ。〝呪装具〟を身に着けた者は、その膨大な魔力と引き換えに強烈な負の感情を植え付けられてしまうんです」

「負の感情……」

「怒り、憎しみ、妬み、恐怖、破壊衝動……。とにかく着用者を攻撃的にさせてしまうのです。しかも一度着けたら最後、外そうとする度に精神汚染に襲われて、並大抵の精神力では外すことすらままならなくなってしまうのですよ。そして最後は正気を失い、衰弱して死に至る」

あまり興味なさげに淡々と説明するライモンド。

それを聞いた〝串刺し公《スキュア》〟は肩をすくめ、

「おお、恐ろしい恐ろしい……。ということは、この男もいずれ……。いやはや、あなた本当に生徒を預かる教師ですか？」

「失敬な。僕は彼が〝オードラン男爵に復讐したい〟と言うものだから、親身に助力したまでですよ」

「い、嫌だ……！　死にたくない……！　助けてくれぇ……！」

「はいはい、言うことを聞けば助けてあげますから。そんなことより、早くレティシア嬢をこちらに」

既に肉体と精神の衰弱が始まっていたミケラルドは、もはやライモンドの言いなりだった。

ライモンドは意識のないレティシアを受け取って抱きかかえると、洞窟の最奥にある開けた空洞に向かう。

そして魔法で岩の台座を作り、その上にレティシアを横たわらせた。

「〝串刺し公《スキュア》〟くん……キミとキミの雇い主のご希望は、〝レティシア・バロウの破滅〟だったね？」

「……ええ。その点さえ達成していただければ、小生たちは引き続きあなたの〝呪装具〟の研究を支援するであります」

「結構」

ライモンドはなんとも嬉しそうに答えると――懐から小さなネックレスを取り出す。

〝呪装具〟だ。

しかし、ミケラルドが着けている物とは雰囲気が違う。

宝石の色が酷く濁っており、遥かに禍々しい魔力が秘められている。

「それは……なんだか変わった〝呪装具〟でありますな」

「私の最新作ですよ。これまでの〝負の効果をなくそうとした呪装具〟とは真逆のコンセプトで作っています」

「ほう、つまり――」

「ええ。増強される魔力が従来の倍、代わりに受ける負の効果《デメリット》も従来の倍ということです。それと、ちょっと細工も施してありまして」

ニヤリと笑って彼は言うと――そのネックレスを、レティシアの首に取り付ける。

「これでいい。さあ、起きてください」

「う……ん……」

――レティシアの目がゆっくりと開く。

その瞳は、ライモンドを捉えた。

「私が誰だかわかりますね？　立ちなさい」

「はい……」

光の宿らない虚ろな瞳のまま、彼女はライモンドの言う通りに動く。

まるで操り人形のように。

「よろしい。以後私の言うことをよく聞くように」

「はい……わかりました……」

「これは……〝催眠魔法〟でありますか？　ここまで見事に精神操作が出来ているのは初めて見ました」

「私、天才魔法使いですから。これくらいはできて当然です」

如何にも自己陶酔に浸ったような言い方をするライモンド。

そんな彼に〝串刺し公《スキュア》〟は若干呆れ気味だったが、敢えてなにも言葉はかけずにおいた。

「ともかく実験の第一段階はひとまず完了。次は――」

ライモンドが言いかけた時、彼目掛けて炎の魔球《ファイヤーボール》が飛んでくる。

それは放たれた弓矢のような豪速球だったが、ライモンドの魔法防御壁《バリア》に弾かれてしまう。

「……やれやれ、もう嗅ぎ付けましたか」

「――レティシアを、返せ」

ライモンドたちの下へ現れた、悪鬼の如き形相の男。

言うまでもなく、憤怒に心を染め上げたアルバン・オードランその人であった。

▲ ▲ ▲

……ああ、逃げる気はないってか。

そりゃ助かるよ。

これで心置きなく、お前らを袋の鼠にできる。

などと内心で思いつつ、剣を握る手をギチッと鳴らす。

――洞窟の中にいたのはライモンド、ミケラルド、道化師の仮面の男、そして攫われたレティシアの四人。

ライモンドとミケラルドの仲間らしき、あの仮面の男……アイツがおそらくイヴァンの言っていた〝串刺し公《スキュア》〟って奴か。

イヴァンを騙し、町のゴロツキ共を唆して、レティシアを攫わせた張本人……。

まさかこんなところで出会えるとは。

どうやら俺はツイてるよ。

……殺したくて殺したくて堪らない奴らを、まとめて三人もぶっ殺せるんだからさ。

俺の顔を見たライモンドはパチパチと小さく拍手し、

「よくここがわかりましたね。素晴らしいですよ、アルバン・オードランくん。どうやって見つけたのかお伺いしても？」

「……魔力の残滓を追ったのよ」

俺の代わりに答える女性の声。

同時に、俺の背後からレオニールに護衛されたオリヴィアさんが現れる。

——ミケラルドがレティシアを攫った後、俺たちはすぐにオリヴィアさんと合流。

彼女はミケラルドが残した魔力の残滓を追い、すぐにこの洞窟を特定してくれた。

さらにライモンドが関与しているということまでも予測し、学園の救助を待っている猶予はないと判断。

Fクラスの中でも手練れである俺とレオニールを連れ、洞窟に突入した——という流れだ。

ちなみに重傷を負ったローエンは一命を取り留め、今はパウラ先生から魔法による応急手当てを受けている頃だろう。

シャノアなど他のFクラスメンバーに関しては、この洞窟の入り口を固めてくれている。

万が一にも取り逃がさないように、後詰めを任せてある状態だ。

ライモンドと直接対峙するとなると、アイツらの手に余るだろうからな。

ぶっちゃけ足手まといだし。

それに――あのライモンドの首は、俺が直接刎ねないと我慢ならない。

オリヴィアさんは話を続け、

「ミケラルドくんが襲ってきた話を聞いてから、すぐに彼が残した魔力の残滓を追ったの。それと、この辺りで隠れ家に使えそうな場所はとっくに調査済みだから」

「おやおや、どうやら私は最初から疑われていたようだ。悲しいですねぇ」

「どの口が……！　やはり〝呪装具〟の研究を続けていたのね！　魔法省の人間として、あなたをこの場で拘束します！　妹も返してもらうわよ！」

嫌悪感を隠そうともせず、怒りを露わにする。

オリヴィアさんとライモンドは元々魔法省の同僚らしいからな。

色々と因縁もあるのだろう。

「それはできません。彼女には立派なモルモットになってもらいますから。――ミケラルドくん」

「ク、クヒヒ……！」

――両目を真っ赤に血走らせたミケラルドが、俺たちの前へと歩み出る。

「邪魔者を追い払ってしまいなさい。そうしたら〝呪装具〟を取ってあげましょう」

「わ、わわ、わかった……！」

どうやら完全にやる気らしい。

ここへ来るまでにオリヴィアさんから〝呪装具〟の最低限の説明は受けたが、アイツが急に強くなった理由があのネックレスが原因だったってワケだ。

しかも自分じゃ外せないとかいうオマケ付きだとか。

そんなモンに縋り付くとは、愚かな奴だ。

レオニールは剣を手に俺の隣に立ち、

「オードラン男爵……オレがやろう」

ミケラルドの相手を務めようとする。

たぶん〝騎士《ナイト》〟として露払いでもするつもりなんだろうな。

ま、その心遣いはありがたいが――

「いい。どうせ一瞬で終わる」

レオニールを制止し、俺が一歩前へ出る。

面倒っちゃ面倒だが、自分でやった方が早いだろうから。

「クヒヒ！　い、いい行くぞォ……！〔シャドウ・――ッ！」

ミケラルドは手に魔力を集中。

魔法を発動しようとする。

――しかし、

「遅ぇよ」

奴が魔法を発動するよりもずっと速く、俺はミケラルドとの間合いを詰める。

そして一切の容赦なく――胴体へ向けて斬撃を叩き込んだ。

「ク……ヒャ……――?」

斜め一閃の切創から鮮血が噴き出る。

ミケラルドは「なにが起こったのかすらわからなかった」というような顔をして地面へと倒れ、ピクリとも動かなくなった。

ここまで、ほんの一瞬の出来事である。

その光景を見ていたライモンドは一瞬驚いたような顔を見せ、

「ほ……お……」

「次はお前だ。覚悟はいいか」

「いやはや……凄まじいお手前。学園入学時に教師を一方的に叩きのめしたと聞いてはいましたが、これは眉唾物ではありませんね」

再びパチパチと拍手をする。

どうやら俺の剣の腕前を過小評価していたらしい。

媚びを売ったところで、お前が死ぬのは変わらんがな。

「……まあ、いいでしょう。テストの相手には丁度いい」

ライモンドはパチンと指を鳴らす。

すると、今まで虚ろな目をして茫然と立ち尽くしていたレティシアが、俺たちの方へと向いた。

「さあレティシア・バロウ、命令です。彼らにあなたの力を見せ付けて差し上げなさい」

「はい……」

まるで糸で釣られた人形のように、ゆっくりと歩き出すレティシア。

……目に生気がない。

雰囲気からして、おそらく〝催眠魔法〟かなにかで操られているのだろう。

加えて――彼女の首には、〝呪装具〟と思しきネックレスが掛けられている。

俺の大事な嫁に下品な物を着けさせやがって。

許さない。

殺してやる。

オリヴィアさんもギリッと歯軋りし、

「くっ……！　ライモンド、あなたよくも妹に〝呪装具〟を……ッ！」

「いい格好でしょう？　さあレティシア・バロウ、命令です。彼らにあなたの力を見せ付けて差し上げなさい」

「はい……」

レティシアは言われるがまま、ゆっくりと腕を掲げ――


「――〔ブリザード・サンクチュアリ〕」

レティシアは魔法を発動する。

それはエミリーヌとの戦いでも見せた、Sランクの氷属性魔法だった。

刹那、あの時と同じように周囲の様相が一変する。

大地は凍り付き、猛吹雪が吹き荒れ、白雪と雹が宙を飛び交う。

マズい――そう思った直後には、俺たちの身体が凍り付き始める。

「ぐぅ……!?　この魔法は、エミリーヌの時の……!?」

「ああっ……だが魔力が桁違いだ……！」

凍てつくような極寒に驚愕するレオニール。

いやはや、俺だってビックリだね。

俺の魔力を以ってしても、全く寒さを防げない。

「魔力量と出力があまりに膨大過ぎる……これが〝呪装具〟を着けたレティシアの力か……！」

「いえ、それだけじゃないわ……この空間、私たちの魔力を封じている……！　これはもう〝結界魔法〟と同じだわ……！」

〝結界魔法〟――

聞いたことがあるな。

膨大な魔力で現実とは切り離された結界領域を生み出し、そこに相手を封じ込める極めて特殊な技術。

基本的には対人戦を想定したモノではなく、討伐不可能な凶悪モンスターを封印する際に用いられる。

結界領域は物理的に破壊することができない上、封印対象の魔力を封じる効果まである。

原則、一度閉じ込められたら終わりなのだとか。

そんなチートじみた効果のため、発動には途方もない魔力を必要とするらしい。

本来であれば上級魔法使い複数人の魔力を魔法陣に集め、それでようやく発動できるレベルだと聞いた。

基本的に個人が単独で扱える魔法ではないため、ランク区分すら与えられていないほどなのだが……。

まったくどういう理屈か、レティシアの魔力が膨大過ぎるせいで〈ブリザード・サンクチュアリ〉が〝結界魔法〟へと昇華してしまったようだ。

ホント、凄いなんてレベルじゃない。

「素晴らしい……！　よもやこれほどの力を得るとは……！　やはり彼女は逸材だ！　私の〝呪装具〟とレティシア・バロウの組み合わせは、魔法史を変える！」

歓喜に打ち震えるライモンド。

今すぐにでも斬り殺してやりたいが、残念ながら手が凍り付いて、もう剣を振るうことさえできない。

意識すら朦朧とし始め、このままじゃ凍死一直線だ。

「さあレティシア・バロウよ、己が破壊衝動を存分に解放なさい！　彼らを抹殺するのです！」

「う………あ………」

「レティシア……」

――まだ、辛うじて足は動く。

俺は一歩一歩、彼女の下へと歩み寄っていく。

「ハハハ……やっぱり凄いな、レティシアは。こんなに強力な魔法を使えるなんて、流石は俺の自慢の妻だ。誇らしいよ」

「……」

「……俺が見えるか？　俺の声が聞こえるか？」

「アル……バン……」

「大丈夫、俺はわかってるさ。キミは〝呪装具〟の支配なんかに屈したりしない。だから――帰って来い、レティシア」

ただいま

《レティシア・バロウ《オードラン》視点《Side》》

――ここは、どこ？

真っ暗だ。なにも見えない。

今、私は起きているの？　それとも寝ているの？

手の感覚も足の感覚もない。暑いのか寒いのかさえわからない。

ただ、ただ真っ暗だ。

『……レティシア』

――声が聞こえた。

アルバンの声だ。私の愛する夫の声だ。

私が顔を上げると、いつの間にか目の前には彼が立っていた。

『レティシア……お前のせいだ』

――え？

『お前なんかが嫁いできたせいで……俺の人生は台無しになった』

これまで聞いたことがない、憎しみに満ちた冷たい声。

いつも私の名を呼ぶあの温かな声と笑顔は一抹もなく、ただ私を責め立てる。

『お前さえいなければ……俺はもっと自由に生きられたのに……』

……そうよ、そうだわ。

私は、彼の人生を奪ってしまった。

私がマウロに婚約破棄されてオードラン男爵家に嫁いだりしなければ、彼はもっと自由な人生を送れたのだ。

もしかしたら、私よりずっと美人なお嫁さんと巡り合えたかもしれない。

もしかしたら、剣の才を見込まれて名誉ある騎士になれていたかもしれない。

もしかしたら、のどかなオードラン領でなんの危険もない平和な日々を過ごせていたかもしれない。

けれど、そんな無数の選択肢と可能性を私が奪ってしまった。

私は……私は、彼の下に嫁ぐべきではなかったのだろうか？

私は、彼と出会うべきではなかったのだろうか？

――そう思った瞬間、周囲の景色が変わる。

『判決を言い渡す。大勢の貴族や民を虐殺した罪は極めて重い。よって、アルバン・オードランを断頭台送りとする』

私の目に映ったのは、首枷をはめられたアルバンの姿。

彼は大きな断頭台の下へ連行され、刃の下に固定される。

――嫌。

ダメよ。そんなの絶対にダメ！

違うの！　アルバンは人殺しなんかじゃない！

彼は私を助けようと、救おうとしてくれただけで――！

私は必死に叫ぼうとした。

けれど声が出ない。私の声は届かない。

そして――刃はアルバンの首に目掛けて、勢いよく落下した。

………泣きたかった。

泣かねばならなかった。

愛する人を失った悲しみを、嘆き叫ぶべきだった。

でも声が出ない。涙が出ない。

私は……最低だ。

私は無力だ。私は助けられてばっかりだ。

助けられてばっかりで……アルバンに〝罪〟を擦り付けてばっかりで……なのに彼を助けることすらできなかった。

私がアルバンの自由を奪ってしまった。

だったらせめて、彼を守るべきだったのに。

それがせめてもの償いだというのに、それすらもできなかったのだ。

そうして結局、行き着く先は最悪の結末だなんて――

『そうね、これが最期に行き着く結末……。でも今じゃない』

――誰?

誰かが語り掛けてくる。

それはよく知っている声。いや、知り過ぎている声だった。

『わかっているのでしょう？　私はあなた。あなたは私。私の名前はレティシア・バロウ……。私は、あなた自身をもっともよく知る者』

目の前に、もう一人の私が現れる。

まるで鏡映しにしたような自分の姿が、ニヤリと笑みを浮かべて話しかけてくる。

『今あなたが見たのは、いずれ訪れる結末……。けれどその結末は、あなたが無力だから訪れるに過ぎない……』

私が……無力だから……？

『あなたにアルバンを守れるほどの圧倒的な力があれば、彼はあんな惨めな最期を迎えずに済む。そうではなくって？』

……そうか、私に力があればいいんだ。

私が強くなれば……アルバンは死なないんだ……。

『あなたがアルバンを守ればいい。あなたは〝力〟を手にしたのだから』

私……私が手に入れた〝力〟……。

ああ、そうか……コレがその〝力〟なんだ……。

『アルバンに償いたいという気持ちがあるのなら――邪魔者は全て、滅ぼしてしまえばいいのよ』

……そうだ、滅ぼせばいい。

誰にも……誰にもアルバンを殺させない……。

愛する夫は……私が守らなくっちゃ……！

――ウフ――ウフフフ――アハハハハハハハッ！

私は心の中で高笑いをする。

次の瞬間、また周囲の景色が切り替わった。

——凍っている。

人も、草木も、建物も、世界のなにもかもが。

目に映るあらゆる物が凍り付き、息もできないほどの猛吹雪が空気さえも凍らせている。

アルバンを殺そうとする全てが、氷の世界に閉じ込められているのだ。

凄い、これが〝力〟なんだ——!

これさえあれば、私がアルバンを——!


〝ハハハ……やっぱり凄いな、レティシアは〟

——え?

〝こんなに強力な魔法を使えるなんて、流石は俺の自慢の妻だ。誇らしいよ〟


アル……バン……?

声が聞こえた——ような気がした。

とても遠くから呼び掛ける、彼の声が。


〝……俺が見えるか? 俺の声が聞こえるか?〟

アルバン……？
どこにいるの……？

〝大丈夫、俺はわかってるさ。キミは〝呪装具〟の支配なんかに屈したりしない〟

——

——

——あ、れ？

私、一体なにをしているんだろう？
……私とアルバン二人だけの世界のために、なにもかもを滅ぼす——？
本当に、それでいいの？
こんな〝力〟が、私の欲しかったモノだった——？
こんなものが、私の望んだ未来だった——？
——違う。
私は……そんな世界望んでいない。
私の欲しかった〝力〟は、そんなモノじゃない。
私は——

『また、そうやって自分を誤魔化すの？』

もう一人の私が、再び語り掛けてくる。

もう一度、私を氷の世界に引き戻すように。

『また守られるだけのお姫様に戻るというの？　――壊しなさい。滅ぼしなさい。どうせ二人が幸せになる方法は、それしかないのだから』

「――いいえ。それは違うわね」

その時、私は初めて自らの喉から声を出せた。

同時にパリンッという音が響き、周囲を覆っていた氷の世界にヒビが入る。

「邪魔者を全て滅ぼした、私とアルバンだけの世界……確かに魅力的だわ。でも、そんなのは破滅という言葉となにも変わらない」

『……』

「私はアルバンを虐殺者なんかにさせないし、全てを滅ぼしたりもしない。私は私のやり方で、私たち夫婦を守ってみせる」

『傲慢ね。あなた、自分にそんなことができると思うの？』

「フフ……そうね、確かに傲慢だわ。だけど――それくらいの方が、悪役《アルバン》の妻に相応しいでしょう？」

私は、いつの間にか首から下がっていたネックレスを掴む。

そしてギュッと宝石の部分を握り、

「私は無力なお姫様なんかじゃない。私はアルバンに相応しい妻となって、彼の隣に寄り添い続ける。そして共に生き、共に笑い、共に愛し合い……台無しになった彼の人生を、私が色付かせてあげるの」

少しずつ、手に魔力を込めていく。

そして私は不敵に笑って見せ、

「どうせ彼の人生を奪ってしまったのなら……それくらい傲慢に償ってみせますわ」

私ではないもう一人の私に、そう言い放った。

すると――

〝――帰って来い、レティシア〟

また、遠くから彼の声が聞こえた気がした。

……ええ、わかっているわアルバン。

今、あなたの下へ戻るから――

心の中でそう答えて、一気に宝石へ魔力を込める。

瞬間――宝石は粉々に砕け散った。

▲　▲　▲

「アル……バン……！」

――レティシアが、〝呪装具〟の宝石部分を握り締める。

すると次の瞬間、バキィン！　と宝石が砕け散った。

同時に〝結界魔法〟も消失。

周囲は極寒の世界からただの洞窟へと元通りになり、凍り付いていた俺たちの身体も動かせるようになる。

レティシアが――彼女が、〝呪装具〟の呪縛を破ったのだ。

「あ……」

「レティシア！」

ふらりと倒れそうになる彼女の下へ、俺は急いで駆け寄る。

そしてしっかりと彼女を抱き締め、身体を支えた。

「……ただいま、アルバン」

「ああ……お帰り、レティシア」

▲　▲　▲

「――は？」

〝呪装具〟を破壊し、自らの力の精神汚染から逃れて見せたレティシア。

その光景を目の当たりにしたライモンドは、目を点にして茫然とする。

「どういう、こと、だ……？　何故〝呪装具〟が……!?　あ、あああありえないッ！！！」

激しく声を震わせ、狼狽するライモンド。

どうやらよほど予想外の出来事だったらしい。

「こんなこと、今まで一度もなかったのに!?　その新作には〝催眠魔法〟までかけていたのだぞ!?　それが何故!?　どうして、どうやって……!?」

「……どうして、ですって？　そんなの決まっているじゃない。私には愛すると決めた人がいるからよ」

レティシアは俺に身体を支えられたまま、キッとライモンドを睨み付ける。

「アルバンが待っていてくれる限り、私はどんなことがあろうとここへ帰ってきてみせる。ただそれだけの話よ」

「な、なにをバカな……！」

「レティシアを甘く見過ぎたな、ライモンド。俺の自慢の妻が、〝呪装具〟やら〝催眠魔法〟なんかに操られるワケないってことだ」

ま、コイツには一生わからんだろうけど。

俺とレティシアの愛の力が、どれほど強いか――なんてさ。

「……ライモンド先生、少々想定外の事態が起きたようでありますが、この後どうされるおつもりで？」

奥にいた道化師の仮面を着けた男が、ライモンドへ尋ねる。

その問いに対してライモンドは激しく狼狽し、

「そ、そ、それは……」

「……どうやらここまでのようですな」

仮面の男はクルリと身を翻し、どこかへ去ろうとする。

だが振り向いた瞬間、奴の喉元に剣の切っ先が突き付けられた。

剣の持ち主は、レオニールだ。

「待て、動けば斬る」

「失礼ですが、小生は主にご報告をせねばなりませんので。お退きいただけませんかな？」

「その仮面……お前が〝串刺し公《スキュア》〟だな。イヴァンから話は聞いている。ここから逃がすワケにはいかない」

「ふぅ……まったく嫌になるでありますな。ただでさえ、これから主に叱られねばならないというのに」

パチン、と指を鳴らす〝串刺し公《スキュア》〟。

刹那――レオニールの目の前で、バッ！　と無数のトランプが舞った。

「なっ……!?」

まるで唐突に手品を見せられたかのような出来事に、一瞬身体が硬直するレオニール。

だが〝串刺し公《スキュア》〟はその隙を狙っており、舞っていたトランプの一枚を指で掴み、斬撃を繰り出す。

「クッ――⁉」

まるで刃を振るうかの如き切れ味と鋭さ。

レオニールは辛うじて剣で斬撃を防ぎ、ギィン！　と火花が散る。

だがそれによって、〝串刺し公《スキュア》〟と間合いを離してしまった。

「では皆様、次の演目をお楽しみあれ」

「！　待てッ！」

レオニールは急いで斬りかかろうとするが、時すでに遅し。

そう言い残すと――〝串刺し公《スキュア》〟の姿は舞い散るトランプの中へ消えていった。

まったく、芝居がかった野郎だ。

「くそっ……！　す、すまない、オードラン男爵……！」

「いい、気にするな。それより今は……こっちの方だ」

俺はレティシアを地面へ座らせると、彼女から手を離して剣を握る。

そして、ライモンドの方へと歩み寄っていく。

「……よくもレティシアを攫ったな。よくも俺から大事な人を奪おうとしたな。覚悟はできてんだろーな……？」

「うっ……！　ちぃ、仕方ありませんね！　実験は一旦中止――！」

「あら、また逃げられるとでもお思いかしら？　――〔フロスト・アース〕」

ライモンドが逃走を図ろうとした直前、オリヴィアさんは魔法を発動。

すると周囲一帯の地面が魔力を帯びた〝霜〟と冷気で覆い尽くされる。

「⁉　しまっ……！」

「ライモンド、あなた〝転移魔法〟を転用して、この洞窟内であれば自由に行き来できるようにしているのでしょう？　ただしそのためには、地面や壁に触れていなければならない」

「――っ！」

「だったら私の魔力が宿った〝霜〟で、全て覆ってしまえばいいだけ。さっき手の内を見せ過ぎたわね。それとも私が元同僚であることを忘れていた？」

「ぐぅッ……舐めるなァッ！！」

遂に進退窮まったライモンドは攻撃魔法を発動しようとする。

だが、遅い。

「やらせるかっての」

奴が魔法を使うよりも速く、俺は間合いを詰める。

「今度こそ、死ね」

そして殺意を込めて剣を振るった。

が、またもや魔力の壁に弾かれる。

「先公のくせに学習しないな。さっきと同じように砕かれるだけだぞ」

「フ、フハハハ！　学ばないのはそちらの方だろう！　魔力を一点に集中すれば、キミの剣など――！」

魔力がライモンドの前方に集まり、剣を押し返す力が強くなる。
だが――その時だった。

――グサッ

「…………え？」

生々しい異音が、ライモンドの身体から聞こえてくる。

刃物で肉を刺す、あの特有の鈍い音。

見ると――奴の胸部から、銀色の刃が突き出ていた。

背後から、剣を突き刺されたのだ。

「今度こそ……役に立ってみせる……！」

ライモンドの身体を挟んで聞こえてくる、レオニールの声。

ライモンドが魔力を集中させ、背後の防御が疎かになった隙に、彼が刃を突き立てたのだ。

「き、き、貴様…………！」

「オレだって――オレだって、やれるんだッ!!」

レオニールがライモンドから剣を引き抜く。

そして勢いを殺さぬまま、強烈無比な斬撃を背中へと叩き込んだ。

「ぐ――あ――ッ」

飛び散る血しぶき。

俺から見てもハッキリとわかるほどの深い裂傷。

まさしく、会心の一撃。

それは人間の命を奪うには十分過ぎるほどの、無情な一太刀だった。

――ライモンドの体勢がぐらりと崩れ、そのまま地面へと倒れる。

目から生気が消え、地面に血だまりができ――それからライモンドは、ピクリとも動かなくなった。

「ハァ……ハァ……！」

「レ、レオニール、お前……」

「ハ……アハハ……！　ど……どうかな、オードラン男爵？　オレだって……やればできるんだ……！　〝王《キング》〟の足手まといになんて、もうならないよ！」

やり遂げた、やって見せたと言わんばかりに口の端を吊り上げるレオニール。

返り血で赤く染まった彼の笑顔。

その様子は、明らかに普段とは違っていた。

なんだかまるで――心の〝枷〟が外れてしまったようにさえ感じられた。

▲　▲　▲

「――なんなのよ、あの女ッ！！！」

ガシャンッ！　とティーカップが床に叩き付けられる。

それと同時に紅茶がぶちまけられ、絨毯に染みを作っていく。

「〝呪装具〟の呪縛を自力で解いたですって……⁉　どうして思い通りに破滅してくれないのよ、レティシア・バロウのくせに……！」

淑女はギリッと歯軋りし、激しく苛立つ。

もう憎くて堪らない、という様子で。

そんな彼女の前で、〝串刺し公《スキュア》〟は棒立ちになって萎縮する。

「……申し訳ございません。よもや彼女にあれほどの力があろうとは……。やはり破滅させるなどと考えず、直接手に掛けてしまった方が良いと小生は――」

「うるさいッ！！！」

大声で怒鳴り散らされ、ビクッと肩を揺らす〝串刺し公《スキュア》〟。

さらに淑女の八つ当たりは続く。

「お前がライモンドなんて役立たずを使わなければ、こんな惨めな気持ちになることもなかったのよ！　この愚図！」

「……面目次第もありません」

「絶対、簡単に殺してなんてやらないわ……。あいつの幸せをぶち壊しにしてやらなきゃ、気が済まないんだから……！」

ガリガリと腹立たしそうに爪を噛む淑女。

対して、彼女の言葉を聞いた〝串刺し公《スキュア》〟はふと思い出す。

「幸せ、でありますか……。そういえば近頃、とある噂を耳にしたでありますが――」

▲　▲　▲

――ライモンドが死亡したことにより、〝呪装具〟の事件は一旦幕を閉じた。

結果的に、主犯である教師一名が死亡。

不幸中の幸いにして、ミケラルドの奴は一命を取り留めたらしい。

ま、十中八九学園を去ることにはなるだろう。〝呪装具〟を使ったこと等、色々後ろめたさがあるからな。

事件の翌日には学園や王国騎士団の関係者が訪れ、俺たちに事情聴取が行われた。

ライモンドにトドメを刺したレオニールに関しては、ライモンドが〝呪装具〟を製作していたことが物的証拠となって罪に問われることはなかった。

要は正当防衛ってことにされたのだ。

それにオリヴィアさんやパウラ先生からの口添えもあったし。

兎にも角にも、俺たちの合宿は中止。

急遽学園へと戻ることになったのであった。

「あーあ、まさかこんなことになるなんてな……」

学園の廊下を歩き、頭の後ろで手を組みながらぼやく俺。

そんな俺の隣にはレティシアの姿も。

「ええ……ライモンド先生が〝呪装具〟の実験をしていたなんてね」

「レティシア、あれから身体の具合は大丈夫か？　どこか違和感とかないか？」

「私なら平気。……ううん、むしろ気分がいいくらいかも」

「へ？　気分がいいって……なんで？」

「自分の気持ちに、ちゃんと向き合えた気がするから」

レティシアはそう言うと俺の瞳を見つめ、

「ねぇアルバン――〝私は実は傲慢な女なの〟って言ったら、あなたは私を嫌いになる？」

「いや、なるワケないが。なんなら、レティシアはもうちょっと傲慢になってもいいくらいだと思うぞ？」

「……？？？」

「フフ、ならもっと傲慢になって、もっともっとあなたを幸せにしないといけないわね」

なんだか微妙にチグハグな言い方をするレティシア。

……レティシアが傲慢になると、俺って幸せになるのか？

いや、なるかもしれん。

ちょっと傲慢で我儘なレティシア……絶対に可愛いだろ……。

今のクールでお淑やかな彼女も素敵だが、女王様っぽく振舞う彼女も見てみたい……。

まあいずれにせよ、俺のお嫁さんは最高ってことだな！　うん！

レティシアは「ところで」と話題を切り替え、

「今回の件、オリヴィアお姉様が全て魔法省に報告すると言っていたわ。ライモンド先生が作った〝呪装具〟も全部回収されるはずだから、心配いらないって」

「そりゃありがたい。あんなもん世の中から消えた方がいいからな。……それよりライモンドと一緒にいた、あの仮面の男――」

〝串刺し公《スキュア》〟、だっけ？

前にもイヴァンを誑かして、レティシアをゴロツキ共に誘拐させた張本人。

そして今回も、レティシアを攫ったライモンドの傍に奴がいた。

――あいつだけは許さない。

何度も俺からレティシアを奪おうとしやがって。

何度も何度も、何度も……！

「あいつとは、いずれ必ずケリをつけないとな。絶対に捜し出して……殺す」

グッと拳を握り締める。

殺意と怒りを込めて。

その時、ふと廊下の向こうに人の姿を見る。

「――あれ、レオニール……？」

そこに立っていたのはレオニールだった。

壁にもたれかかり、どこか虚ろな目をしている。

向こうもこちらに気が付き、

「……あ、オードラン男爵にレティシア夫人」

「どうしたこんなところで。クラスに行かないのか？」

「いや、ちょっと考え事をね……。でもそうだね、もうすぐ授業も始まるしクラスに行かないと」

彼は壁から背中を離し、スッと背筋を伸ばす。

……ライモンドの一件以降、ずっとこんな感じだ。

ボーっとすることが多くなり、どこか上の空でいることが多くなった。

とはいえ本人は「心配いらないよ」の一点張りだし、生活に支障が出ているワケでもないのだが
……。

「えっと、ご一緒してもいいかな？」

俺たち夫婦を気遣ってか、そんな質問が飛んで来る。

そう言われて、一瞬顔を見合わせる俺とレティシア。

彼女は構わないという様子でちょっと肩をすくめ、俺もレオニールなら別に……という感じでアイコンタクト。

「ああ、レオニールなら構わない」

「ありがとう！　それじゃあ行こうか、我が〝王《キング》〟よ！」

にぱっと朗らかに笑うレオニール。

その笑顔は、以前となんら変わりない。

だけど——気のせいだろうか。

なんとなく……俺を見る時の〝目の色〟が、変わってしまったように感じるのは。

「――そういえば、もうすぐ初めての中間試験が始まるね。あんな事件があったけど、予定通りやるのかな？」

「ん？　ああ、もうそんな時期か。どうだろうな、流石に教師が問題起こした後だし。俺としては、面倒くさいだけの試験なんてない方がいいけど」

「あら、パウラ先生はＥクラスとＤクラスが落ち着き次第、試験は普通に行うと言っていたわよ？」

「……マジ？」

「まったく、この学園らしいわよね」

ハァ、と呆れた様子でため息を吐くレティシア。

いやホントだよ。

この学園、ってかあの学園長《ジジィ》イカレてるだろ。

教師と生徒に死人が出てるんですが？

それでもやるか、普通？

マジでなに考えてんだか……。

なんて思っているうちに、俺たちはＦクラスの前まで到着。

そして扉に手を掛け、ガラリと開けたのだが――

「ん？　キミたちは――」

「え、誰？」

まず俺の視界に入ったのは、見覚えのない美男子の顔だった。

短い茶髪に端正なルックス、かつ細身で高身長。

やや切れ目の鋭い目つきが特徴的。

雰囲気からして高い身分の貴族で、一目で「コイツ絶対異性にモテるだろ」と思うタイプである。

たぶん他所のクラスの奴だろう。

なにやらイヴァンと話し合っている様子だったが……。

イヴァンは俺の顔を見るなり、気まずそうに眼鏡を上げる。

「オードラン男爵……その、だな、少々落ち着いて聞いてほしいのだが――」

「！　レティシア嬢、そこの淑女はレティシア・バロウ公爵令嬢か？」

美男子はレティシアを見つけるなり、彼女の下へツカツカと歩いてくる。

「え？　ええ、今はレティシア・オードランだけれど――」

「ふむ……お会いできて光栄だ、我が将来の花嫁よ。あなたのような美しい方と〝婚約〟できて、とても嬉しく思う」

「…………は？」

硬直するレティシア。

いや、彼女に限らずクラスにいた全員が固まった。

勿論、俺を含めて。

「……あなた、今なんて……？」

「なんだ、聞いていないのか？　では改めて説明しよう」

美男子はサラリと前髪をかきあげると、

「バロウ公爵家はオードラン男爵家との関係を解消。新たに我がリュドアン侯爵家と縁を結び、この僕ヨシュア・リュドアン とレティシア・バロウが婚約する運びとなった。キミは今から——僕の婚約者だ」

第二章

夫婦の危機

レティシアを幸せにするのは俺だ

《オリヴィア・バロウ視点《Side》》

「ほんっと信じられない……！　一体どういうつもりなの……⁉」

私はバロウ公爵家の屋敷――つまり自分の家の廊下を、小走りで進む。

酷く苛立ち、カツッカツッ！　というハイヒール特有の甲高い足音を鳴り響かせながら。

そして、とある一室の前で立ち止まった。

「お父様、失礼しますわ！」

コンコンと二度ノックし、返事が返ってくるよりも早く扉を開ける。

押し入るように入った部屋の中には――私と同じ白銀の髪を持つ、壮齢な紳士の姿。

「……入室を許可した覚えはないぞ、オリヴィア」

彼は執務机に座り、こちらを一瞥することもなく仕事を続ける。

――ウィレーム・バロウ。

バロウ公爵家現当主であり、私とレティシアの父親だ。

「今は執務中だ。話なら後にしろ」

「いいえ、今お話をさせていただきます！　妹の……レティシアのことについて！」

机をバン！　と両手で叩き、私は父ウィレームに向かって話し始める。

「あの子とオードラン男爵家の関係を解消し、リュドアン侯爵家と婚約を結んだそうですね！」

「ああ、オードラン男爵家には既に手紙を送ってある。それに婚約相手のヨシュア・リュドアンも快く承諾してくれた。なにも問題はなかろう？」

「っ！　よくもそんな身勝手なことを……！」

どうせオードラン男爵家はバロウ公爵家の言うことを聞くしかない——そうわかっている上での、傲慢極まりない行為。

本当に、虫唾が走るわ……！

「身勝手ではない。これはバロウ家の当主として下した厳正なる判断だ」

冷たい声で父は言うと、初めてペンを動かす手を止める。

「……近頃、お前の妹は目立ち過ぎている。あの男爵の下で大人しくしていればいいものを……」

そして眉一つ動かさず、ようやくこちらの目を見た。

「だが——マウロに婚約破棄された頃より醜聞が減ったのは望ましい。当人が大人しくできないのであれば、せめてバロウ家の役に立ってもらう」

「ふんっ……どこまでも娘を政略の道具としか見ていないんですのね。レティシアの気持ちなんてお構いなしですか……！」

「〝最低最悪の男爵〟と一緒にいるよりはマシではないかね？」

「アルバン・オードラン男爵は、決して〝最低最悪の男爵〟などではありません！　一度くらい彼と会って――ッ！」

「この話は終わりだ。すぐに部屋から出て行きなさい」

▲　▲　▲

「キミの噂はかねがね聞いている。つい先日に起きた事件の顛末もね。本当に大変だっただろうに」

ヨシュアはレティシアの目を見つめ、実に穏やかな口調で話す。

凛としたその姿は誇り高く見え、貴族というより騎士のような雰囲気さえある。

そんなヨシュアに対してレティシアは流石に狼狽し、

「いや、あの……」

「正直、こうして直接会うまでは不安だったんだ。〝レティシア・バロウ〟という名には、どうしても悪評が付きまとうからね。だが……その心配は払拭された」

ヨシュアは口元に微笑を浮かべ、レティシアへゆっくりと手を伸ばす。

「キミは美しく、なにより気品がある。僕の婚約者にできて、本当に嬉しく思――」

――ミシッ

「俺の妻《レティシア》に…………触るな」

彼女に届くその前に、俺はヨシュアの腕を掴んで押し止めた。

思い切り力を込めて。

なんならへし折るつもりで。

そうして初めて、奴は俺に視線を向けた。

まるで畜生を見るような視線を。

「……恐縮だが、手を離してもらえるかな？　それと、彼女はもうキミの妻ではない」

グッと腕に力を入れ、俺の握力に対抗してくるヨシュア。

意外なことに、その腕から伝わってくる筋力は相当なモノだった。

普段からティーカップしか持たないような腑抜けた貴族共とは、決定的に違う。

コイツは――武人だ。

しかもかなりの手練れだろう。

だが、今はそんな関係ない。

「バロウ家とウチが関係を解消したなんて知らないね。デタラメを言うな」

「じきに知ることになるさ。それとも……僕よりキミの方が、バロウ家公爵令嬢である彼女の夫に相応しいとでも？」

「ああ、俺がレティシアを世界で一番幸せにできる。いや、幸せにする」

「〝最低最悪の男爵〟である、キミが？」

「お前なんぞになにがわかる」

「オ、オードラン男爵、少し落ち着け……！」

イヴァンが慌てて俺の肩を掴み、一触即発の事態を収めようとする。

落ち着く？

冗談じゃねーぞ。

俺とレティシアの仲を引き裂こうとするなら、相手が誰でどんな階級の人間だろうと、全て敵だ。

いっそこの場で――

「……ヨシュア侯爵。悪いけれど、私はアルバンと別れるつもりはないわ」

いよいよ刃傷沙汰になろうかという寸前、レティシアの口が重そうに開く。

「なに？」

「私が彼に何度も救われているのは事実よ。それに彼が心から私を愛してくれていることは、他ならぬ私自身が一番よく知っている。当然、〝最低最悪の男爵〟なんかじゃないことも」

「……」

「あと、バロウ公爵家とリュドアン侯爵家が縁を結んだことも確認を取りたいわ。今日のところは、一旦お引き取り願えないかしら」

レティシアにそう言われ、ヨシュアはなにを思ったか俺と彼女を交互に見やる。

そしてしばし考える様子を見せると――パッと腕の力を抜き、半歩ほどレティシアから遠ざかった。

それを見て、俺も掴んでいた奴の腕を離す。

「わかった、いいだろう。僕としても、婚約者となるキミの前で無粋な真似はしたくない」

ヨシュアは一応レティシアの気持ちを酌んだらしく、大人しくクラスから出て行こうとする。

しかし扉の前で立ち止まり、

「……だが、こちらにも面子というものがある。それに僕はキミが気に入ってしまった。この話――必ず決着をつけさせてもらうよ」

そう言い残し、教室を後にした。

直後、イヴァンはホッと胸を撫でおろす。

「やれやれ……まったく、一時はどうなるかと……。キミたちも少しは止めに入ろうとしたらどうなんだ⁉」

「んなこと言ったって、嫁さん絡みでオードラン男爵を止めるなんて土台無理ってことくらい、お前もよく知ってるだろーが」

「わ、私はお止めしたかったですけど、怖くて……！」

やる気なさそうに答えるとマティアスと、いつも通り怯えるシャノア。

ま、止められたって止まるつもりはないが。

俺はレティシアと一緒にいられるなら、なんだってするつもりだし。

……にしても、また随分と急な話だな。

本当にバロウ家がレティシアの新しい婚約相手を決めたってのか？

でも俺はなにも聞かされてないし、セーバスに確認を取ってみるか……。

場合によっては――バロウ家を――

などと思っていると、

「……なあ、オードラン男爵」

ずっと大人しかったレオニールが、声をかけてくる。

「ん？　なんだレオ？」

「あのヨシュアとかいう貴族……オレが殺してこようか？」

「は――？」

レオニールはヨシュアが去って行った扉の方を見つめ、ぼうっとした顔で言った。

笑うでも怒るでもなく、ほとんど無表情の顔で。

「……いい。アイツは俺が自分の手でどうにかする。っていうか、変な冗談やめろよな。レオらしくもない」

「いや、冗談って――ううん、オードラン男爵がそう言うなら、それに従おう。オレは〝騎士《ナイト》〟だからね」

ようやく普段通りのにこやかな笑顔を作ってみせるレオニール。

……なんだろう。

やっぱりレオって、なんか変わったか？

雰囲気というか、気配というか……。

そこはかとない不安を覚える俺だったが――彼の傍でため息を漏らすレティシアを見て、目の前の問題に意識が戻った。

「ハァ……どうしたものかしら……。とにかく、まずはオリヴィアお姉様に相談してみましょうか……」

Fクラスが大いに揺れ始めていた、まさにそんな時――

「……あれれ～？♪　もしかしてこれって、千載一遇の大チャーンス！　だったりして★」

教室の中で、ラキは一人ニヤリとほくそ笑む。

「う～ん、でもなぁ……ウチはどうするべきだろう？　ねえ、アルくん♡」

▲▲▲

《レティシア・バロウ《オードラン》視点《Side》》

「本当にごめんなさいね、レティシア……こんなことになってしまって……」

オリヴィアお姉様は「ハァ～～～」と長いため息を漏らし、ぐったりとテーブルに突っ伏す。

私は秘密裏にお姉様へ連絡を取り、シャノアの喫茶店で詳しい話を聞くこととなった。

こんなこともあろうかと……いえ、まさかここまでの事態は想定していなかったけれど。

ともかく何かあった時のために、バロウ家を介さず彼女とコンタクトを取れるようにしていたのだ。

「お姉様のせいじゃないわ。それにしても、何故いきなりオードラン男爵家と絶縁してリュドアン侯爵家と婚約する、なんて話になったの？」

「私にも詳細はわからない。そもそも私の耳に入った時には、もう全てお父様が取り決めた後だったから……」

「……相変わらずなのね、お父様は」

「あの感じだと、魔法省の仕事とはいえ私があなたに会ったこともバレてると思う。それと〝呪装具〟の件にあなたが関わったことも。本当、耳聡い頑固親父だわ」

チッと舌打ちするオリヴィアお姉様。

お父様とお姉様が不仲なのは前々からだったけれど、どうやら関係が改善されるどころか悪化しているらしい。

「……お父様は、あなたが有名になることを善しとしていないのよ。〝レティシア・バロウ〟という名前が広まれば広まるほど、バロウ公爵家の家名に傷が付くと思っているのでしょうね」

「私は、別に有名になるつもりなんてないのだけれど」

「わかっているわ。少なくとも私は、あなたが大人しい子であることを理解しているつもり」

そう言うと、オリヴィアお姉様はそっと私の手に触れる。

「でも……あなたは既に幾つかの事件に巻き込まれ、世間に名を広めてしまった。望む望まざるにかかわらず、貴族の間でレティシア・バロウは話題の人なのよ」

「……」

「あなたが活躍すればするほど、あなたを一族の汚点と思っているお父様にとっては面白くない話になる。だから身持ちを落ち着かせるために、リュドアン侯爵家に話を持ち掛けたのでしょうね」

――リュドアン侯爵家。

一応、名前は知っている。

王国騎士団に深い縁のある家柄で、代々優れた騎士を輩出しているとか。

貴族の中でも独自の地位と派閥を有する武闘派として知られ、政には関与せず剣を持つことを善しとする。

とても高潔な家風のため、民衆の支持も厚い。

半面、政治の世界に関わろうとしないが故に爵位を上げられず、侯爵止まりになっているとも。

そんなリュドアン家が、どうして私とヨシュアの婚約に同意したのか……？

バロウ家はどちらかといえば、政治の世界に身を置く家柄なのに……。

「高潔と謳われるリュドアン侯爵家も、本音では階級を上げられないことを不本意に感じている、なんて話もあったから……。せっかくマウロが流した悪名が消えかかっているなら、政略に利用してやろう――両家の思惑はそんなところかしら」

「だからって、私に相談もなしで婚約を進めるなんて……！」

「ええ、酷い横暴だと思う。でも……正直お父様らしくない。あの人はとにかく、急いであなたとオードラン男爵を別れさせようとしているんじゃないかしら」

「アルバンと……？」

「もしかしたら――彼を諸悪の根源だと思っているのかもしれないわね」

▲▲▲

『拝啓　アルバン・オードラン様
アルバン様とレティシア様が王立学園に通われ始めて、早二ヵ月弱。

如何お過ごしでございましょうか。

この度は早急にお報せせねばならぬ事が起きました故、お手紙をしたためさせていただきました。

先日、こちらのお屋敷にバロウ公爵家より書状が届きました。

書かれてあった内容は〝アルバン・オードラン男爵とレティシア・バロウの婚姻を解消する〟という旨。

私の方でも事態の究明に急ぎますが、学園ではなくこちらの屋敷に書状を送ってきたのは明らかな時間稼ぎかと。

このお手紙が間に合うかはわかりませんが、どうか早まることなきように。

セーバス・クリスチャン』

「……ふざけやがって」

俺はセーバスから届いた手紙を、グシャッと握り潰す。

別に今に始まったことではないが、バロウ公爵家は明らかにウチを――というか俺を舐め腐ってる。こんなの事実上の事後報告だ。

……貴族社会における婚姻は、政略って言葉とワンセット。

良きにつけ悪しきにつけ、そういう仕組みの上で成り立っている。

それがあって俺とレティシアは出会えたのだから、その仕組み自体は否定しない。

だが――これは流石にやり過ぎだ。

俺は元々〝最低最悪の男爵〟で知られていたワケだから、やっぱり別れさせようと考えるのは百歩譲って我慢もできるし、理解もできる。

しかし今はマウロの時とは事情が違うのだ。

先に彼女へ相談くらいするべきなのに……レティシアの意思を完璧に無視している。

レティシアの親父さんが全て決めたのだとしたら、はっきり言って失望した。

「クラオン閣下、今回の事態についてなにかご存じありませんか？」

――俺は今、ユーグ・ド・クラオン閣下の執務室へとやって来ている。

リュドアン侯爵家は騎士団と関わりの深い家柄。

だったらクラオン閣下に話を聞くのが手っ取り早いと思って。

「……我もリュドアン家とバロウ家が縁を結んだと知ったのは、つい昨日の話だ。よほど隠密に縁談を進めていたとみえる」

「ヨシュア・リュドアンって、クラオン閣下の部下に当たりますよね？　どうにかなりませんか？」

「正直に言って難しいな……。我はお主の支援者ではあるが、それ以上に王国騎士団側の人間だ。もし我が無理に介入すれば、騎士団の内部分裂を引き起こしかねん」

なんとも悩ましそうに、クラオン閣下は机上で指を組む。

「リュドアン侯爵家は騎士団において名誉ある家名だ。それにヨシュアは将来を有望視されている高潔な武人。残念だが、キミとの評判は天と地ほどの差がある」

「ハァ……やっぱり〝最低最悪の男爵〟の汚名は、どこまでも付いて回るってワケですね」

「それが世間というものだからな。だが……妙ではあるのだ」

「？　と言うと？」

「両家に利害の一致があったにせよ、あの高潔なヨシュアがこれほど横暴な政略結婚に応じるとは……。バロウ公爵にしても、こんなやり方はらしくないと感じる」

「それってつまり……なにか〝裏〟があると？」

「さあな。そもそも貴族の婚姻において、裏取引きがない方が稀ではあろうて」

まあ、それもそうか。

俺とレティシアの結婚だって、ちゃんと〝裏〟があったことだしな。

ある意味では、俺たちの結婚自体が〝裏〟そのものだったとすら言えるし。

クラオン閣下はしばし思慮を重ねるように無言になり、

「……そうだ、あのヨシュアが何故……もしかすると……」

「クラオン閣下？」

「……オードラン男爵よ、よければ一度……彼と腹を割って話をしてみる気はないかね？」

▲ ▲ ▲

「――間合いが甘い」

ヨシュアは軽やかに木剣を振るい、相手が持つ木剣を弾く。

彼は今剣術の授業中で、クラスメイトたちと共に剣の鍛錬の真っ最中。

爽やかに汗を流すその姿は、まさに貴公子そのものだ。

――ヨシュア・リュドアンが在籍しているのはCクラス。

それと同時に、彼はCクラスの〝王《キング》〟も務めている。

「よう、今日は随分と気合が入ってるみたいじゃねぇか」

背後からヨシュアに話しかける男の声。

彼はマルタン・オフェロ。

同じくCクラスのメンバーで、やや伸びた黒髪を乱雑に後頭部で結わえているのが特徴の人物。

マルタンは職業騎士の家系出身であり、ヨシュアとは気心の知れた仲だ。

マルタンに話しかけられたヨシュアは汗を拭い、

「……そう見えるか？」

「見えるねぇ。やっぱ例の婚約の件か？」

婚約――という単語を口に出されて、ヨシュアはジロリとマルタンを睨む。

「おい、マルタン……」

「まさかの略奪婚だもんなぁ。しかもお相手はあのレティシア・バロウときたもんだ。色んな意味でスゲーよホント」

「彼女を悪く言うなよ。直接会ってわかったが、あのご令嬢は噂で聞くような悪女ではない。むしろ聡明で純真……僕などには高嶺の花かもな」

「純真ねぇ。オードラン男爵にもう手を出されてるかもしれないってのに？」

その台詞を聞かされて、ヨシュアの視線にほんのりと殺意が宿る。

流石に言っていい冗談と悪い冗談があるぞ、と言わんばかりに。

「ウ、ウソウソ、そんな睨むなよ……。ってかオードラン男爵はどうすんだ？　奴さん、納得してないんだろ？」

「納得もなにもない。婚約は既に両家の間で決まった話だ。嫌でも身を引いてもらうさ」

「……フーン。なあヨシュア」

「なんだ？」

「リュドアン家が決めたことに口を出す気はねぇけどよ……お前らしくないんじゃねーの？」

「……」

「俺とお前はガキの頃からの付き合いだからな。忠告ってワケじゃないけど、それだけは言っとくよ」

そう言い残すと、マルタンはヨシュアの下を離れていった。

▲　▲　▲

放課後――

ヨシュアは一人、人気のない廊下を歩いていた。

すると、

「――おにーさん、ちょっとお時間よろしいかしら？★」

不気味なほど耳に残る猫撫で声が、ヨシュアを呼び止めた。

「む……？」

「ハロー♪　ウチのこと覚えてる？」

「キミは……確かFクラスにいた……」

「ラキ・アザレアっていいまーす☆　以後よしなにー♪」

パチッと可愛らしくウィンクし、目尻の横でピースサインを決めるラキ。

そんな彼女を見て、ヨシュアはすぐに警戒心を露わにした。

彼の直感が〝信用ならざる人間だ〟と警鐘を鳴らしたからだ。

「……なんの用かな？　先を急いでいるのだが」

「そんにゃこと言わずにぃ～、ちょっとお話ししようよぉ♠　そうだなぁ、具体的に――アルバン・オードランとレティシア・バロウについて、なんてどう？」

「…………ほう？」

ヨシュアの耳がピクリと僅かに動く。

ああ、釣られた釣られた――♫

ラキは内心で一人ほくそ笑む。

「ヨシュアくん、あの二人にとっとと別れてほしいんだよね？　婚約者となったレティシアちゃんのことも気に入ったみたいだし、アルく――オードラン男爵はお邪魔なんでしょ？」

「キミは……Fクラスの一員なのだろう？　〝王《キング》〟であるオードラン男爵に忠誠を誓っているはずだ。何故そんな話をする？」

「利害が一致してるから、じゃ駄目かな♣　ウチもあの二人には別れてほしいと思ってるし～、もしかしたら協力できるかも～？◇」

「……」

「だけど、一応聞いておきたいんだよねぇ。バロウ家とリュドアン家にどんな取引があったのか」

絶対なにかあったはずなんだよね。

でなきゃこんな突然二人を別れさせて、しかも再婚約なんてさせないはずだし。

でも虎の尾を踏むのはゴメンだからさ――

ラキはヨシュアの出方を窺いながら、心の内でそう呟く。

「……なんのことかな。両家はただ婚約の縁を結んだだけだ」

「それじゃあ略奪愛が趣味とでも言うつもり？　そんなふうには見えないけど♠」

からかうようにラキが言うと、ヨシュアは面倒臭そうに「ハァ」と深いため息を吐く。

「仮になにかあったとしても話せるワケないだろう。……だが、これだけは言えるな」

「！　なぁになぁに？☆」

「アルバン・オードラン男爵は……あの〝最低最悪の男爵〟は、死すべきだと」

「え――？」

「彼のせいで、レティシア嬢は幾度も危険に晒されている。どうやって彼女を誑し込んだのか知らないが、オードラン男爵がいなければ事件の数々は起こらなかったのだ」

「ま、待って待って、それは違うよ。逆にアルくんは、何度もレティシアちゃんを救ってきたんだよ？」

「いいや、彼女は利用されているだけさ。レティシア嬢はオードラン男爵と共にいる限り、永遠に不幸なままだ」

「え、永遠にって……」

「オードラン男爵がレティシア嬢を愛しているなど……嘘偽りに決まっている」

断言するようにヨシュアは言う。

アルバンへの嫌悪感を隠そうともせずに。


あれ――なんでだろう？

なんでウチ、こんなにイライラしてるんだろう？

ヨシュアの言葉を聞いて、ラキは自分で自分の気持ちが整理できなくなり始めていた。

当初ラキは、ヨシュアの関心がレティシアのみに向けられているものだと思っていた。

アルバンのことは〝最低最悪の男爵〟という噂を聞いて、多少見下している程度だろうと。

でなければ格下の恋敵にでも見えているのだろうと。

どうせレティシアちゃんが手に入れれば、それで満足なんでしょ——そう思っていた。

しかし、どうやら違うらしいと気が付く。

理由はわからないが、ヨシュアは激しくアルバンを嫌っている。

それこそ殺意を抱くほどに。

対するラキは、彼が知ったような口ぶりでアルバンのことを語るのが無性に腹立たしかった。

あの二人を別れさせるためにここへ来たのに——という矛盾を自覚しながらも、ヨシュアの言葉を素直に受け流せなかったのだ。


——ラキ・アザレアはこれまで、〝男は金を生み出す道具《モノ》〟と教えられて育ってきた。

元々捨て子だったラキは、高級娼婦《クルチザンヌ》の娼館を経営するアザレア家に拾われる。

将来的に貴族の相手をさせるため、アザレア家は学問や男を手玉にとる所作などをラキに教育。

その過程で悪女となるよう、魔性の妖婦となるよう徹底的に叩き込んだのである。

だが娼婦となる前に、学力・諜報能力・権謀術数を巡らす能力などが抜きん出て高いことが判明。

それがファウスト学園長の耳に入ったことで、王立学園へ入学する運びとなったのだ。

ラキは育ての親から「教えたことを生かして、学園で金ヅルを捕まえて来なさい」と言われた。

当人だって勿論そのつもりで、都合のいい男を捕まえて学園で地位を築き、あわよくば卒業後も金ヅルにしてやろう――なんて入学直後は考えていたほど。

実際、アルバンを寝取ってFクラスの〝王妃《クイーン》〟になろうとしたのだってそういう理由からだ。

だがアルバン・オードランと出会って――いや、アルバンとレティシアという夫婦を見ていて、段々こう思うようになっていた。


――羨ましい。

――ウチもあんなふうに愛されたい。


ただ純粋なまでの〝羨望〟。

しかし不思議とレティシアへの妬《ねた》み嫉《そね》みはなく、なんなら「微笑ましい」とすら感じていたくらい。

ま、隙あらばアルくんを奪っちゃうけどね――そんな本音と建前が入り交じった複雑な感情を抱き始めていたのが、現在のラキであった。

しかし今、目の前でその〝羨望〟が全否定された。

結果、とある感情が湧き上がる。

それは――〝怒り〟。

無意識的に「自分はアザレア家の女だから」と本音を誤魔化していたラキにとって、こんな胸中は初めてだった。

「アルくんは……アルくんは、そんなんじゃ……！」

唇を震わせるラキ。

ヨシュアもヨシュアでグッと拳を握り、

「……そうとも。彼が己の役割を果たさないから、レティシア嬢は王族に……」

極めて小さな声で、呟くように言った。

「え？　今、なんて――」

「〝アルバン・オードランは誰も幸せにできない疫病神〟だと、そう言ったのさ」

「――！」

「それで？　僕に協力すると言っていたが、具体的には――」

「……なにそれ、意味わかんない」

これまでの猫撫で声から一転、突き放すような低い声をラキは発する。

「アンタがなにを知ってるワケ？　アルくんと一緒にいるレティシアちゃんは、あんなに幸せそうなのにさ」

「ど、どうした？　なんだかさっきと様子が……」

「悪いけど気が変わった。ウチ、アンタには協力できない」

ラキはヨシュアに背中を向け、そのまま去って行こうとする。

だが不意に立ち止まり――

「ヨシュア・リュドアン……アンタさ、一度オードラン男爵とちゃんと話をしてみなよ。そしたら彼がどれだけレティシアちゃんを大事にしてるか、すぐにわかるはずだから」

冷たい眼差しで流し目を送り、そう言い残して今度こそ去って行った。

「……」

ポツンと、一人残されるヨシュア。

——この出来事から二日と経たぬうちに、彼はユーグ・ド・クラオンの仲介で〝アルバン・オードラン男爵との会談の席〟を設けられることとなる。

恋敵

「「……」」

——俺は今、憎き恋敵と面と向かって立ち会っている。

場所は王国騎士団の室内訓練場。

そこには俺以外に、ヨシュア、クラオン閣下、そしてレティシアの姿が。

ここはいつもなら騎士たちが鍛錬で汗を流しているはずだが、今回に限りクラオン閣下の好意で貸切りにさせてもらえることになった。

会談を行う場としては不釣り合いな気もするが、クラオン閣下曰く「万が一の事態を考慮して」のことだそうだ。

要するに、俺とヨシュアが殺し合いを始めても問題ない場所を選んでくれたってこと。

とはいえ流石に両者とも剣は持ってきておらず、丸腰ではあるが。

でも……正直に言ってありがたい。

今こうしていても、手を出さないよう自分を抑えるのに必死だからさ。

「アルバン、わかっていると思うけど――」

「暴力はなし、だろ。レティシアと約束したからな。大丈夫、ちゃんとわかってるよ」

不安そうなレティシアに対し、俺は念を押すように答える。

今回の会談に際し、彼女と約束した。

〝ヨシュアと喧嘩しないこと〟と。

とにかく今回に限り暴力はなし。

ヨシュアの方もクラオン閣下から厳しく言われてるみたいだし。

あくまで〝話をする〟ってのがこの会談の主旨だ。

……ま、そもそも話し合ってなにが解決するのかはわからんけど。

クラオン閣下は俺たち二人を交互に見やると、

「今日は二人ともよく集まってくれたな。まずは感謝申し上げよう」

「いえ、そんな……このヨシュア・リュドアン、クラオン閣下がお呼びとあればどこへでも駆け付ける所存です」

「へえ、よく言う。てっきり話し合いなんて応じる気はないと思ってたよ」

俺が言うと、ヨシュアは鋭い目つきで一瞬こちらを睨む。

だがすぐにフッと瞼を閉じ、

「……キミのクラスの、確かラキという名前だったか。彼女に言われてしまってね、〝一度オードラン男爵とちゃんと話してみろ〟と」

「ラキに？」

おっと、なんか意外な名前が出たぞ？

アイツめ、またなんか悪だくみを考えてたな……？

思えば俺とレティシアの夫婦の危機なんて、アイツにとっちゃ渡りに船だもんな。

そりゃ俺たちを裏切ってヨシュアに与してもおかしくはない。

しかし、そのラキに〝ちゃんと話してみろ〟と言われたって……？

なんか随分アイツらしくないというか……。

それじゃまるでヨシュアに協力するどころか、俺たちを応援してるみたいなんだが。

どうしちまったんだ、ラキの奴……？

――まあいいか。

真意は後で本人に聞くとしよう。

ともかく今は、ヨシュアをここに連れてくるきっかけをつくってくれたことに感謝しとこう。

「彼女は言っていたよ。キミがレティシア嬢をどれだけ大事にしているか、話せばわかると……。だから一応、話くらいは聞いておこうと思ってね」

「ああ、俺は彼女を――妻を本気で大事にしてるし、愛してる。俺にとっては世界で一番大事な人だ」

「……」

未だ疑わしい、といった目で見つめてくるヨシュア。

そうかそうか、まだ俺の愛を疑うか。

面白い。

「信じられないなら、証拠を見せてやろうか？」

「ほう、証拠だと？」

「そうさ、俺がレティシアを本気で好きだっていう証拠だ」

俺はそう言うと、親指でビシッと自分を指さす。

「いいかよく聞け、俺はな――〝レティシアの可愛いところ〟を千個は言えるッ！」

「――!?」

「ア、アルバン……!?」

驚いた顔をするヨシュアとレティシア。

だが俺は止まらない。

「まずレティシアは一見冷たい性格に見えて凄く優しくて周りを見てるし気配りができて褒めたり励ましたりするのも上手いし芯が強いんだけどちょっと寂しがり屋で二人きりだと甘えてくれるしそれなのにここ一番って時には本当に頼りになって尊敬できるし実は紅茶と甘い物が大好ってギャップが最高に可愛くて他にも他にも――」

「ま、待ってアルバン！　それ以上はやめて……恥ずかしくて顔から火が出そう……！」

顔を真っ赤にして止めに入って来るレティシア。

なんだよ～、ここからがいいところなのに。

でもレティシアストップが出ちゃったなら仕方ない。

この辺にしておこう。

「それじゃあ、次は俺がどれだけレティシアを知ってて理解してるかって話をするか。彼女は紅茶が大好きなんだけど茶葉はどちらかというと安価な物の方が好みなんだけど淹れる時のお湯の温度にはうるさくてあと絶対に軟水じゃないと――」

「わ、わかった。もういい。キミが彼女のことを深く理解しているのは、よくわかった……」

ヨシュアは微妙に頭を抱えながら言うが、すぐに仕切り直すようにキッと目つきを元に戻す。

「……キミの噂は以前から聞いている。傲慢で不遜で怠惰で、身勝手極まりない〝最低最悪の男爵〟だと」

「別に間違ってはないな」

「ならば、そんな男がどうして一人の女性をそこまで愛する？　いやそもそも、聞いていた噂と違い過ぎる気がする。キミは本当にアルバン・オードラン男爵なのか？」

「俺は俺だ。他の誰でもない」

そうとも、俺は紛れもなく〝最低最悪の男爵〟さ。

――ただ破滅しないために努力をして、レティシアを愛すると決めただけの、傲慢で不遜で怠惰な貴族だよ。

「改めて言っとくぞヨシュア。俺は世間からどう思われようが、例えバロウ家との関係を切られようが、レティシアと離れるつもりはない。彼女は俺の全てだからな」

ハッキリと言い切る。

事実、俺はレティシアのいない人生なんてもう考えられない。

彼女の隣にいることこそが、俺にとって最大の幸せなのだ。

レティシアと共に生き、共に死ぬ。

俺はそう決めたし、それ以外なにもいらない。

ヨシュアはそんな俺の言葉を受け、

「ならば聞くが、キミは彼女のために爵位も財産も全て捨てられる覚悟はあるか？」

「ある」

「……命さえも？」

「当然――と言いたいが、俺が死んだらレティシアが不幸になるからな。死ぬ気はない」

そう答えてやると、ヨシュアはしばらく考えるような様子を見せる。

そして数秒後に再び口を開き、

「……一点だけ謝罪しておこう。キミを〝最低最悪の男爵〟だと罵ったことについては、噂を真に受けた僕の落ち度だったかもしれない。すまなかった」

「え？　そ、そうか……」

「どうやらアルバン・オードラン男爵は、僕が想像していたよりも遥かに高潔で愛情深い人物だったらしい。認識を改めさせてもらう」

なんか、えらい潔く手の平を返してきたな……？

コイツも頑固なだけの阿呆貴族ってワケじゃなかったってことか。

ま、もっともこの様子じゃ――

「だが僕と彼女の婚約は、両家で既に決められたことだ。今更なかったことにする気はない」

「だろうな。それじゃどうする？　やっぱりレティシアを巡って決闘でもするか？」

「それも悪くはないな。だがその前に、やはり聞いておかねばなるまい」

ヨシュアはそう言うと、スゥッと小さく息を吸い――

「オードラン男爵、キミは妻を愛してやまないのだろうが――キミが愛すれば愛するほど〝レティシア嬢を不幸にしている〟と……そう自覚したことはあるか？」

そう、尋ねてきた。

「……俺が愛するほど、レティシアが不幸になるだと？」

「そうだ、キミは彼女を不幸にしている」

極めて確信めいた、ハッキリとした口調で言い切るヨシュア。

――ふざけんな。

俺は腹の底から、そう叫ぼうとした。

しかし、

「……ふざけないで」

俺よりも先に、俺が思ったのと全く同じ言葉を、レティシアが口にする。

「アルバンのせいで、私が不幸になっているですって？　あなたが一体なにを知っているというのかしら……？」

背筋が凍るような剣幕で、彼女はヨシュアを睨み付ける。

その姿に俺まで一瞬ギョッとしてしまう。

こ、これはめちゃめちゃ怒ってるな……。

こんなにキレてるのを見るのも久しぶりかも……？

怒ると本気で怖いんだよな、レティシアって……。

しかも基本静かにキレるタイプだから余計にさ……。

「じ、事実は事実だ。今度は僕の話を聞いてもらおうか」

怒るレティシアを見て流石にヨシュアも若干たじろぐが、すぐに話を再開。

「本来であれば、キミたちに打ち明けるべきではないとバロウ公爵から口止めされていたのだが……オードラン男爵を高潔な貴人と認めた上で、僕の知っていることを話そう」

「お父様が……？」

驚くレティシア。

――ウィレーム、ウィレーム・バロウ。

名前は勿論知ってるよ。

レティシアの親父さんで、バロウ公爵家の現当主だな。

離縁だの婚約だのという話が出た以上、そりゃ絶対に関わってるだろうなとは思ってたけど……。

「考えたことはないか？　どうしてバロウ家は、遥か下の階級であるオードラン男爵家にレティシア嬢を嫁がせたのか」

「それは、マウロに婚約破棄されたせいでレティシアが行き場をなくしてしまったから……」

「いいや、それはきっかけに過ぎない。そもそも――マウロは焚き付けられたのだ。新しい女を宛がわれ、婚約破棄をするようにと」

「なに――⁉」

「もっとも本人に自覚はないだろうがな。奴は利用されたに過ぎない」

そこまで言って、ヨシュアはレティシアを見つめ――

「……レティシア・バロウ、キミは命を狙われているのだよ。貴いお方から恨みを買っているのだ」

「私……が……？」

「身に覚えがあるだろう？　ここ最近、立て続けに起きている事件の数々……。明らかに裏で手引きしている者がいる」

ここ最近の事件――

レティシア誘拐事件もライモンドの一件も、すぐ傍には〝串刺し公《スキュア》〟の姿があった。

だけどアイツは言っていたな。

〝小生は主にご報告をせねばなりませんので〟みたいなことを。

つまり真の首謀者は別にいる、と。

それに以前、ファウスト学園長も言ってたよな。

〝王家の一部が関わっているやもしれぬ〟って。

……このことをレティシアは知らない。

ファウスト学園長ですらも詳細は把握し切れていない様子だった。

だがおそらく、バロウ公爵はなにか掴んだのだろう。

だから行動に移した。

そんなところか？

「レティシア嬢は〝最低最悪の男爵〟に嫁ぐ必要があったのだ。そして不幸で憐れな公爵令嬢となれば、本当の意味での破滅を回避できたかもしれないからね」

「……」

レティシアは黙って話を聞き続ける。

ヨシュアも話を続け、

「だからバロウ公爵はキミをオードラン男爵家へと送った。だが……想定外のことが起きた」

「俺がレティシアを溺愛し始めた、か」

「そうだ。そしてマウロの悪行が暴かれたことで、キミたちが仲睦まじく暮らしていると貴いお方の耳に入った」

「その貴いお方っていうのは、一体誰のことなんだ……？」

「名前は僕も知らない。バロウ公爵は知らない方がいいと言っていた。……つまり名前を知るだけで身に危険が及ぶ立場のお方、ということだろう」

そこまで語ったヨシュアは「とにかくだ」と話を仕切り直し、

「今後もキミたちが仲睦まじい夫婦でいる限り、レティシア嬢は狙われ続ける。貴いお方は、レティシア・バロウが幸せそうにしているのが心底許せないようだからね」

「それじゃなにか？　お前の下に嫁げばレティシアは狙われないってのか？」

「少なくとも、キミの下にいるよりは遥かに安全だ」

ハッキリと言い切るヨシュア。

……リュドアン侯爵家は良くも悪くも貴族の中では浮いており、独自の地位と派閥を持っている。民衆からの支持も厚く、王国騎士団だってバックに付いている。

そんなリュドアン家に守られるとなれば、仮に王族の人間だとしても迂闊に手は出せなくなるだろう。

絶対に政治が絡んできてしまうからな。

地方のしがない男爵を相手にするよりも、桁外れに厄介にはなるはずだ。

マウロに婚約破棄された当時は無理だっただろうが、巷での悪評が減って来た今のレティシアならリュドアン侯爵家も迎え入れられる。

リュドアン侯爵家もバロウ公爵家と繋がることで政の世界への足掛かりになるから、双方にとって好都合。

――大方、バロウ公爵はそんなふうに考えてるんだろうな。

……あれ？

でも待てよ、それって――

「改めて、僕はキミたちの離縁を所望する。それがキミたちのためだからだ」

「……」

「このヨシュア・リュドアンが、レティシア・バロウを不幸から救うと約束しよう。身を引きたまえ、オードラン男爵」

改まって催促してくるヨシュア。

だが――俺はビシッと手の平を奴へと向ける。

ストップ！　と言わんばかりに。

「待った、俺は後だ」

「なに？」

「俺の答えはもう決まってる。でも、俺より先にレティシアの考えを聞くべきじゃないのか？」

……どうしても気に入らねぇんだよなぁ。

なんでどいつもこいつも、レティシアの心を無視しようとするんだよ。

まず彼女の気持ちを聞くべきなんじゃないのか？

離縁だろうが新しい婚約だろうが、レティシアだって当事者なんだぞ？

向き合うべきだろって。

それができてこそ、彼女を愛してるって言えるんじゃないのかって。

俺は――レティシアの口から、レティシアの気持ちを聞きたい。

「私……私は……」

レティシアは少しだけ俯き、思考を巡らすように言い淀む。

だがすぐに顔を上げ、真っ直ぐ前を向くと――

「私は……アルバンと一緒にいたい！」

「！　レティシア嬢……」

「ヨシュア、あなたが私を案じてくれるのは嬉しいわ。でも私の生涯の伴侶はアルバン・オードランただ一人と、そう決めたの」

「……それがキミの答えなのか？」

「ええ」

「俺も同じ気持ちだ。俺の妻はレティシアだけだってな」

俺はそっと彼女の肩を抱き寄せる。

そんな俺たち二人を見て、ヨシュアはスッと瞼を伏せた。

「……残念だ、説得できると思ったのだがな」

「交渉は決裂か？」

「ああ、どうやら悪者は僕の方らしい」

苦笑するヨシュア。

だが目を開いて俺を見るや、

「だが僕もバロウ公爵から頼まれた身だ。どうせ悪者となったからには、最後までそれらしく振る舞わせてもらおうか」

「へえ……じゃあどうする？」

「おっと、ここで事を荒立てる気はない。クラオン閣下との約束もあるからね。……そういえば、学園の中間試験が控えていたな」

ニヤリと頬を吊り上げ、ヨシュアはこちらに背中を向ける。

「既に知っているかもしれないが、僕はＣクラスの〝王《キング》〟を務めている。そこでこうしよう。中間試験でＦクラスがＣクラスの成績を上回れたら、僕は婚約破棄をバロウ公爵に伝える。大人しく身を引くと約束しよう」

「……逆にＣクラスが勝ったら？」

「その時は——僕がレティシア嬢を頂く、ということでどうかな？」

▲　▲　▲

「クッッッソ上等ですわ！　やってやろうじゃありませんかバカヤロウコノヤロウッ！」

——グシャアッ！

エステルが拳を振り下ろし、机を真っ二つに叩き割る。

相変わらずスゲー馬鹿力だなぁ。

手とか痛くないのか？

ほらもうシャノアとかドン引きしてるぞ？

レティシアに至っては頭を抱えてるし。

「そこまでオードラン男爵とレティシア夫人を引き裂きたいと抜かすなら、このエステル・アップルバリが〝おしばき〟をご馳走して差し上げましてよッ！」

「エステル、少し落ち着きなさい……」

「これが落ち着いていられますか！　人の恋路を邪魔する奴は、馬に蹴られて地獄に落ちる！　この世界《シマ》の筋ってモンですわ！」

「……許さない」

エステルに続き、カーラも様子がおかしくなり始める。

「許さない許さない許さない許さない許さない許さない許さない許さない許さない許さない許さない許許許許許許許許許許許許許許絶許絶許絶許絶許絶許絶許絶許絶許絶許絶許絶許絶許絶許……絶対に許さない」

「カァー！」

「……アル×レティ至上主義者として……断固として認められない……。二人の愛は、白無垢に包まれた純情神話として、世界の希望として、未来永劫語り継がれねばならない……」

「カカァー！」

「……『アル×レティを見守る壁になり隊』会員ナンバー00の名において……なんとしても守り抜いてみせる……！」

なんか過激派のカルト信者みたいなこと言い始めたぞコイツ。

ダークネスアサシン丸もカーカーうるせぇしさ……。

っていうか『アル×レティを見守る壁になり隊』ってなんだよ？

知らぬ間に妙な組織をつくるんじゃねーよ。

――ヨシュアとの会談を経た翌日、俺とレティシアはFクラスの皆に事の経緯を説明。

曰く、〝中間試験の結果でレティシアの命運が決まる〟と。

それを聞くや否や、今のようにエステルとカーラは大激怒。

ヨシュアのあからさまな挑発行為だと認識したんだろうな。

あと純粋に略奪婚が許せないと。

その怒りは俺も同じだが。

レティシアは深いため息を吐き、

「ハァ……カーラまで……」

「で、でも、お二人の言う通りだと思います……！」

「シャノア……？」

「わ、私も、オードラン男爵からレティシア夫人を奪い取るなんて、許せません……！　中間試験、頑張って勝ちましょう……！」

「そーそー、ヨシュアなんてコテンパンにしちゃおーよ♣」

机に頬杖を突き、微妙に不機嫌そうに賛同するラキ。

コイツが俺たちの離縁を喜ばないなんて意外だが――

「そういや聞いたぞラキ。お前、独断でヨシュアに会いに行ったんだってな」

「知らなーい♠　ウチ、アイツのこと嫌い」

ラキはプイッとそっぽを向く。

どうやら特段隠すつもりもないらしい。

っていうか会ってないなら、なんで嫌いって言えるんだよ。

会って話してみたけどウマが合いませんでした、って言ってるようなモンだろ。

レティシアもラキを見つめ、

「……彼、言ってたわよ。〝一度オードラン男爵とちゃんと話をしてみろ〟と言われたって」

「……」

「あなたの一言がなければ、ヨシュアはアルバンと会うことすらなかったでしょう。経緯はどうあれ、お礼を言うわ。ありがとうラキ」

「や、やめてよ……ウチはそんなつもりだったんじゃないし……」

気まずそうに口ごもるラキ。

どうやらレティシアは、ラキが秘密裏にヨシュアとコンタクトを取っていたことは怒っていないらしい。

場合によっちゃ明確な裏切りだが、レティシアが許すなら俺も許そう。

それにラキのお陰でヨシュアとの会談が成立したのは事実だしな。

結果よければ〜ってワケじゃないが、今回は不問にしよう。

俺たちがそんな会話をしている中、マティアスは遠い目で女子たちのことを見守る。

「おーおー、女子組は盛り上がってんねぇ」

「そういうキミはどうなんだ？　乗り気じゃないように見えるが？」

傍にいたイヴァンに言われ、マティアスは肩をすくめる。

「いーや、これでも結構乗り気だぜ？　ヨシュアの奴に舐められたままじゃあ、クラスの沽券にかかわるからな」

「僕も同じ気持ちだ。それにどの道、試験では他クラスと競い合うことになるんだ。本気で挑まねばならないだろう」

「お前も素直じゃないねぇ。あの二人が別れるところなんざ見たくないって、ハッキリそう言えばどうよ？」

「僕は十分素直に言っている」

フン、と鼻を鳴らしつつイヴァンは眼鏡を動かし、

「しかし中間試験か……。まだ試験内容も発表されてないのにその結果次第とは、強気というべきか公明正大というべきか……」

「――関係ないさ」

「！　レオニール……？」

「試験内容なんて関係ない。オレたちは必ず勝つ。〝王《キング》〟たるオードラン男爵のために。そうだろう？」

「あ、ああ……そうだな」

レオニールの眼力、そして全身から放たれる覇気にやや気圧される様子のイヴァン。

レオの奴、ライモンドの一件以降は以前にも増して剣術の鍛錬にのめり込んでいるみたいだ。

頼りになる……のは間違いないんだが、見てて怖いんだよなぁ。

しかも近頃は、俺を見る目もなんとなく変わってきたような気もするし……。

一体どうしちゃったんだよ？

一応主人公だろお前？

なんて内心で不安がる俺を余所に、エステルがグワッと拳を掲げる。

「ぅおっしゃあ！　クラスの想いも一致団結したようですし、ここらで一発気合をぶっ込みますわよ！　えい、えい、〝応《オウ》〟ッ!!」

「おうっ！」

威勢よく鬨《とき》の声を上げるエステルと、ノリノリで答えるレオニール。

他のメンバーも「お、おお～」と気圧されつつ腕を掲げた。

……ま、いいか。

Ｆクラス十人が揃って士気を上げてくれるのはありがたい。

中間試験はどんな形になるにせよ、クラス対クラスの総力戦になるはずだからな。

皆には張り切ってもらわんと。

俺とレティシアの夫婦生活のために。

……ん？

あれ、そういえば……。

「なあレティシア、俺たちなにか忘れてる気がしないか？」

「あら、なにかって？」

「いや、なんとなく……なにか……というか誰か欠けているような……」

——その時だった。

バアン！　と教室の扉が勢いよく開く。

「ワハハ、心配かけたなぁ皆！　このローエン・ステラジアン、この通り傷も癒えて完全復活だ！」

そして満面の笑みで入って来るローエン。

そんな彼の顔を見た時、

「「「……あっ」」」

Ｆクラスの全員が、思い出したかのように同じ顔をする。

——この後、色々あり過ぎたせいでクラス全員から完璧に存在を忘れられていたことを知ったローエンは、一人漢《おとこ》泣きをするのだった。

▲
▲
▲

「――それでは皆さんお待ちかね、中間試験の内容ついてご説明致します！」

教壇に立ったパウラ先生が、嬉々とした表情で話し始める。

俺たちFクラスのメンバーは、そんな彼女へ真剣な面持ちで耳を傾ける。

「中間試験は〝筆記〟と〝実技〟の二つが行われます。筆記に関しては学園生徒として最低限の学力を求められるだけなので、皆さんなら問題ないでしょう！」

「へえ……ってことは実技試験の方が重要視されるってことか？」

「はい！　だって筆記試験なんてつまらないじゃないですか！」

俺の質問に対しニコニコ笑顔で答えるパウラ先生。

うわー、なんかとんでもないこと言っちゃったよこの人。

筆記試験がつまらないって、それ教師がハッキリ言っていい台詞なのか……？

相変わらず頭が闘争に支配されているというかなんというか……。

いやまあ、確かにつまらんとは思うけどさ……。

「勿論筆記でも各クラスの平均点でポイントの増減は発生しますが、皆さんの学力なら他クラスとの大きな差は生まれないでしょう！　ご安心ください！」

「……逆を言えば、実技試験の結果次第で差がつくってことね」

レティシアの言葉に「その通り！」とパウラ先生は返す。

「そして皆さん気になるであろう実技の内容は……クラス対抗〝防衛ゲーム《フラッグ・ディフェンス》〟となります！」

「防衛ゲーム《フラッグ・ディフェンス》……？」

「はい、〝防衛ゲーム《フラッグ・ディフェンス》〟です！　学園が指定したダンジョンで二つのクラスが攻撃・防衛に分かれ、旗を奪い合ってもらいます。攻撃側は旗を自陣まで持って帰れば勝利、防衛側は制限時間内に旗を守り切るか攻撃側を全滅させれば勝利です！」

〝防衛ゲーム《フラッグ・ディフェンス》〟――なるほど、確かにある意味では総力戦だな。

個々の戦力はもとより、メンバー全員の連携が大事になってくる。

それにどう攻めるか・どう守るかの戦略の立て方も重要だし、頭脳・判断力・対応力も求められるだろう。

さながら戦争の縮図、少数精鋭の部隊同士による局地戦。

学園側――というよりファウスト学園長の狙いは、それを経験させることだろう。

いざ争いが起こった時、なにもできない無能な貴族にならないようにと。

あのジジイの考えそうなことだ。

「ダンジョンには『決闘場』と同じ特殊な魔法陣が刻まれていて、剣で斬り合おうが魔法で吹っ飛ばし合おうが死ぬことはありません！　なので全力で相手を叩き潰してください！」

「フン、面白い」

今度はイヴァンが鼻を鳴らした。

「それで、その〝防衛ゲーム《フラッグ・ディフェンス》〟というのは全クラスがトーナメント方式でぶつかるのか？」

「いいえ、今回は中間試験なので一クラス対一クラスに限定されます！　あくまで行われるのは一戦のみですが、その中で素晴らしい戦いや戦術を見せた方により多くのポイントが配分される仕様です！」

「なるほど……勝ち負けだけではなく〝どう戦うか〟も見られると」

「そういうことです！　途中経過は全て教師たちに中継されますので、意識するように！　筆記試験の千倍は頭を使って、美しく戦ってくださいね！」

……楽しそうだなぁ、パウラ先生。

もう完全に身体が闘争を求めてるだろ。

露骨に生き生きとしてるもんな。

なんて思っていると、ふとパウラ先生は思い出したかのようにポンと手を叩き、

「あ！　それと――今回の中間試験は外部の視察も入るそうです！」

「視察……？」

「なんでも〝ぜひ視察したい〟と申し入れがあったそうで……ウィレーム・バロウ公爵という人物から」

「「「――!?」」」

――その名前を聞いて、Ｆクラスのメンバーは全員驚愕の表情となる。

まさかこのタイミングで聞くとは思いもしなかったからだ。

当然レティシアも目を丸くし、

「お……お父様が……？」

「はい、一応他にも何名か貴族の方が視察されるそうですよ！」

「……」

沈黙するレティシア。

一体どういう風の吹きまわしだ……？

マウロの一件以降、レティシアに会おうともしなかったバロウ公爵が視察だなんて……。

ヨシュアの奴がなにか言ったか？

それともオリヴィアさんが尽力してくれたのかも？

わからんが、いずれにしても――

「いい機会ですわッ！！」

今度はエステルが椅子から立ち上がる。

ダン！　と勢いよく机を叩き、

「レティシア夫人とオードラン男爵がどれだけクッソおラブラブか、お父君に見せつけて差し上げればいいんですのよ！」

「ちょ、ちょっとエステル……？」

「糖度100％なお二人のイチャラブっぷりを見せ付ければ、たとえお父君であろうとも胸焼けでおゲロをぶちまけたくなること必至！　確実にお二人の仲を認めてくださいますわ！」

「そ、そういうものかしら……？」

「間違いなくてよ！　もしそれでも認めようとしないってんなら、この私が〝理解《わか》らせ〟て差し上げます！」

おい待て、なにをわからせるつもりだ。

仮にも相手はバロウ公爵家の当主だからな？

もしなにか問題起こしたら、それはそれで面倒くせぇことになるぞ？

いや正直に言えば俺だって〝理解《わか》らせ〟てやりたいが、腐ってもレティシアの親だからな。

極力、バロウ公爵との荒事は避けたい。

レティシアが嫌がるから。

……もしレティシアが殺したいほど父親を憎んでいたなら、俺も今とは違う対応をしていたかもしれない。

ハッキリ言って、妻の幸せのために義父を殺すなんて俺にはなんの葛藤もないし。

だが彼女は父親を、バロウ公爵をそこまで憎んではいないのだ。

今でも彼女なりに肉親の情を持っている。

俺はなるべく、レティシアが悲しむような真似はしたくない。

だから我慢する。

問題も起こさない。

「おいエステル、意気込むのはいいがバロウ公爵に手を出すのは駄目だ。これは〝王《キング》〟としての命令、いいな」

「チッ、〝王《キング》〟が言うなら仕方ありませんわね……」

「でもさ～、いいアイデアじゃない？♠　レティシアちゃんのパパに見せつけるって♪」

続いてラキがニヤニヤと笑いながら発言。

「ヨシュアが言うには、アルくんがレティシアちゃんを不幸にしてるって思われてるんでしょ？　だったら今のままで十分幸せだって伝えるのは、悪くない方法だと思うよ？◇」

「それは……そうかもしれんが……」

「離縁させる気を削ぐために、できることはなんでもするべきだと思うな♥　なんならウチが口説き落としてきてあげよーか、クフフ♫」

「それだけはやめろ。一番話がややこしくなるから」

「はーい、〝王《キング》〟が言うなら控えまーす♡」

本当にコイツは……。

冗談で言ってるのかマジなのか、わかったもんじゃないな。

――とはいえ、今の俺たちを見せるいい機会であることには違いない。

よし、いっちょやってやるか。

「パウラ先生、質問」

「はいアルバンくん！　なんでしょう！」

「実技試験の〝防衛ゲーム《フラッグ・ディフェンス》〟って、戦うクラスを指名できたりするのか？」

「いい質問ですね！　実は既にFクラスは対戦相手としてCクラスから指名を受けておりまして、

こちらの返答次第で決定となります！」

「上等だ」

なるほど、向こうも十分過ぎるくらいにやる気らしい。

そうこなくっちゃ……な。

「――レティシア」

「な、なにかしら……？」

父親が視察に来ると聞いてやや緊張しているのか、若干表情が硬い我が妻。

そんな彼女に対し、俺はニヤリと余裕ある笑みを見せ――

「一緒にがんばろうな」

――そんな言葉をかけてあげた。

中間試験、開始

《ウィレーム・バロウ視点《Side》》

「意外ですわね。いつもお忙しいはずのお父様が、学園の視察を申し出るなんて」

となりの椅子に座る我が娘《オリヴィア》が、皮肉交じりに言ってくる。

――ここは王立学園が準備した、貴族たちのための視察会場。

正面には大きな魔法映写装置《スクリーン》が設置され、集まった貴族が試験の経過を眺められるようになっている。

当然、周囲には私たち以外の貴族の姿も。

「私は王立学園への出資者だからな。視察する権利くらいあろう。それを言うなら、お前も魔法省の仕事はどうした？」

「あら、将来有望な者を早期に見出しておくのも魔法省の立派な業務ですわ。たまたま、その役目が私に回ってきただけで」

フン、よく言う。

どうせ適当な理由で上司を説得し、半ば無理矢理に参加したのだろう？

やれやれ……呼んでも誘ってもいないというのに、魔法省の伝手を使ってまで視察会に参加するとはな。

我が娘ながら抜け目ない。

「それで？　最初の質問にお答えいただけますかしら？」

「どうして私が中間試験の視察に来たのか、かね？　……ヨシュアだよ」

「え？」

「彼に誘われたのだ。〝ぜひ自分たちの戦いを見てほしい〟とな」

……あれは突然のことだった。

ヨシュアが私を訪ねて来て言ったのだ。

『アルバン・オードラン男爵は〝最低最悪の男爵〟などではありません』

『私はリュドアン家の――騎士の血を引く者として正々堂々彼と戦い、そして勝利した上でレティシア嬢を貰い受けます』

『ウィレーム・バロウ公爵……あなたにはどうかご自身の目で、僕とオードラン男爵双方を見定めていただきたい』


あまりにも――あまりにも意外な申し出であった。

ヨシュアの口からそれを聞いた時、頭痛で頭を抱えそうになったほどだ。

しかし……彼の目は真剣だった。

それにレティシアとの婚約を取り決めた時よりも、幾分か男らしい顔つきにもなっていたと思う。

ヨシュア・リュドアンよ……貴殿に一体なにがあった？

貴殿はなにを見たというのだ？

あの〝最低最悪の男爵〟に――

「えー、それでは皆様、大変お待たせ致しました！　これより『マグダラ・ファミリア王立学園』Cクラス対Fクラスの中間試験を行います！」

魔法映写装置《スクリーン》の前に一人の女教師が立ち、中間試験の開始を宣言する。

彼女は確かパウラ・ベルベットという名だったか。

Fクラスの担任をしていると。

「試験の内容は〝防衛ゲーム《フラッグ・ディフェンス》〟、つまり時間内に旗を奪取するか防衛するかで勝敗が決します！　ちなみに〝攻撃側《オフェンス》〟はCクラス、〝防衛側《ディフェンス》〟はFクラスとなりますね！」

彼女が説明すると、次に〝魔法映写装置《スクリーン》〟にパッと地図の映像が映り込む。

どうやらダンジョンの全体図を記した地図のようだが、広大で道が入り組んでいるのが見て取れる。

「試験は学園が準備したダンジョンの中で行われ、旗はダンジョン中央の古代集落跡エリアに設置されます！　ここは広い上に侵入経路が複数あるので、〝攻撃側《オフェンス》〟も〝防衛側《ディフェンス》〟も戦術と連携が求められます！　二つのクラスがどのように戦うか、期待してご覧ください！」

なんともハキハキとした様子で楽し気に話すパウラ教員。

それを聞いたオリヴィアは「ふぅん」と小さく唸り、

「面白い催しね。結果がわかりきっている、という点だけはつまらないけれど」

「ほう、お前はどちらが勝つというのだ？」

「決まっていますわ。我が妹レティシアと、その夫アルバン・オードラン男爵が属するFクラスです」

……我が妹と、その夫――か。

ワザと言っているのであろうな。

もはやあの二人は別れる運命だというのに。

「……ありえんな。Cクラスにはヨシュアがいるのだ。文武共に優れ、統率力も秀でる彼が負けるとは思えん」

「そうですわね、もしもFクラスにいるのがレティシアかオードラン男爵のどちらかだけだったなら、必ずヨシュアが勝つでしょう」

僅かに賛同するオリヴィアだが、次の瞬間には余裕のある笑みを見せ、

「ですが……あの二人が揃っているならば、絶対に負けません。この試験、100%Fクラスが勝ちますわ」

「……そういうのは、演劇の悪役が使う台詞だぞ」

「フフ、なら尚更今のあの子たちにピッタリではなくて?」

小賢しい言い回しを……。

まあいい。

結果など、〝魔法映写装置《スクリーン》〟を眺めていればわかるのだ。

ヨシュアとオリヴィアが何故〝最低最悪の男爵〟の肩を持つのか——しかと見定めさせてもらおう。

「それでは試験開始前に両クラスをご覧頂きましょう！　まずはCクラスから！」

〝魔法映写装置《スクリーン》〟の映像が切り替わり、Cクラスの生徒たちが映り込む。

誰も彼もがやる気十分といった様子。

統率もしっかりと取られているらしい。

特に腕を組んで両目を瞑るヨシュアからは、画面越しにも凄まじい集中力を感じ取れる。

本気で勝ちにいく——

その気概と覇気が伝わってくるかのようだ。

「続きまして——こちらがFクラス！」

続け様に映像が切り替わる。

そして、〝魔法映写装置《スクリーン》〟に映った光景を見て——

「——なん……だ……!?」

私は言葉を失った。

いや、私だけではない。

隣に座るオリヴィアも周囲の貴族たちも、一様にあんぐりと口を開けている。

〝魔法映写装置《スクリーン》〟に映ったモノ、それは——


〝アルバン×レティシア夫妻最高！〟


とデカデカと書かれた横断幕をなびかせる生徒の姿。

さらには、

〝アル×レティィを応援し隊〟

〝理想の夫婦ここにあり〟

〝離縁反対！　二人を認めよ！〟

〝身勝手な政略結婚を許すな！〟

と書かれた看板を掲げ、ハチマキを巻いてオードラン男爵とレティシアを囲む生徒たち。

『見ていやがりますかウィレーム・バロウ公爵！　私たちFクラスは、オードラン男爵とレティシア夫人の離縁に断固として反対しますわ！』

『アル×レティを認めよ……！　抗議……抗議……！』

『お、お二人は、素敵なご夫婦です……！　どうか、み、認めてくださぁーい！』

『〝王《キング》〟最高！　アルバン・オードラン男爵最高！　オレはオードラン男爵のためならなんでもするよ！』

『アハハ、いい感じじゃんレオっち☆　ホラホラ、もっと横断幕を振って振って♪』

――〝魔法映写装置《スクリーン》〟の向こうで繰り広げられる抗議運動。

もの凄い勢いの猛抗議だ。

さながら過激な平民たちが起こすデモやストライキのようである。

生徒全員、特に女性陣が鬼気迫る表情でこちらに訴えてきている。

これは明らかに私へ向けてのメッセージだろう。

しかし当のレティシアは両手で顔を覆い、どうにもこちらを見れない様子。

きっと、というか間違いなく恥ずかしいのだろうな。

逆にオードラン男爵は堂々としているが。

「……なに……してるの……？　あの子たち……？」

オリヴィアは愕然として開いた口が塞がらず、周囲の貴族たちからはどよめきが上がり始める。

……やはり、視察など来るべきではなかっただろうか？

「いやー、両クラスともやる気は十分ですね！　それでは只今を以て――中間試験を開始致します！」

しかし私の胸中など知ったことかと言わんばかりに、パウラ教員は試験の開始を宣言。

直後、〝魔法映写装置《スクリーン》〟の向こうでCクラスの生徒たちが走り出した。

▲　▲　▲

中間試験の開始が宣言されると同時に、旗が設置されている古代集落跡エリアに一直線に向かう人影。

Cクラスの中でも好戦的な性格の持ち主、アンソニー・ジェロマンだ。

「ヒャハハ！　どうせFクラスなんて雑魚の集まりだろうが！　俺がとっとと終わらせてやるよ！」

剣を肩に担いで単身突撃するアンソニー。

彼は小馬鹿にするように「フン！」と鼻を鳴らし、

「しっかし、ウチの〝王《キング》〟もどうしてFクラスなんて相手を選ぶかねぇ？　〝最低最悪の男爵〟と落ちぶれ令嬢が率いるクラスなんざ、構うだけでもゴミクズの臭いが移っちまいそう……おっと、レティシア・バロウはもう悪く言っちゃ不味いんだっけ」

貴族出身のアンソニーは、内心ではアルバンとレティシアのことを酷く馬鹿にしていた。

もっとも、それを自らの〝王《キング》〟であるヨシュアの前で口に出すことは当然ない。

一応、彼もレティシアがヨシュアの下に嫁ぐことは聞かされているからだ。

なによりヨシュアの強さを知っているからこそ、下手なことを言わない。

それでもアルバンたちの噂や悪評を真に受けていたアンソニーは内心で見下し、あまつさえレティシアと婚約したヨシュアのことも馬鹿にし始めていた。

「ヨシュアも物好きだよなぁ。ま、レティシア・バロウって顔はいいし、情婦として侍らせておくつもりなのかも──おっと」

──全速力で移動していたアンソニーの前方に、人影が見える。

それがFクラスの何者かだと瞬時に理解したアンソニーは剣を構え、

「へへ、最初の獲物はどいつだ⁉　ローエンって奴か、それともレオニールって奴か⁉　まあ誰でもいい！　俺様の剣の錆びになりやが──！」

──ザシュッ

「──れ？」

ほんの、一瞬の出来事だった。

アンソニーの身体は一刀両断され、ダンジョンに張られた魔法陣の効果により瞬時に身動きが取れなくなる。

つまり〝死亡〟扱いとなったのだ。

「やっぱり、レティシアの言った通りだな。正面から捨て駒が突っ込んできた」

そう言って剣をヒュンッと振り払う、アンソニーを斬り捨てた人物。

そう――Fクラスの〝王《キング》〟、アルバン・オードランである。

「な、なんで……どうして〝王《キング》〟のお前が、こんなところにぃ……!?」

「雑魚に説明してもしょうがないだろ。そこで固まりながら考えとくんだな」

アルバンはそう言ってニヤリと笑うと、

「さーて……それじゃレティシアの作戦通り、遊撃手として暴れてやりますか」

▲　▲　▲

「……うん、よし。皆よく聞いて頂戴。今から作戦を説明するわ」

――中間試験〝防衛ゲーム《フラッグ・ディフェンス》〟の開始前。

レティシアがダンジョンの地図を広げ、皆に見せる。

ちなみに、この地図は試験の直前にようやく渡されたものだ。

おそらくCクラスも同じだろう。

つまり試験を受ける俺たち生徒は、このダンジョンについてほとんどなにも知らない。

学園側としては、不慣れな場所で起きる突発的な戦いにどう対処するかを見たい――ってとこか？

でも残念だったな。

こういう状況、レティシアは凄く得意なんだよ。

だから中間試験の作戦立案は、基本的に彼女に任せてある。

さっそくとばかりにレティシアはFクラスのメンバーに話し始め、

「私たちFクラスは〝防衛側《ディフェンス》〟――旗を守る側だけれど、旗の近くで固まっていては駄目。積極的に打って出ましょう」

「あら、何故ですの？　旗の周りを皆で警戒して、寄り付いてきた相手を順番にタコ殴りにしていけばいいじゃありませんか」

至極真っ当な意見を述べるエステル。

ま、そう思うのも無理ないわな。

〝旗の防衛〟を〝拠点の防衛〟という言葉に置き換えるとわかりやすいが、拠点攻略戦は一般的に防衛側が有利とよく言われる。

強固に守られた陣地を攻めるには、攻撃側は防衛側の数倍の戦力を用意する必要がある、と。

だったら旗の守りを固めて、そこから動かなければいいじゃん――？

向かってくる奴をFクラス全員で適宜ぶっ飛ばしていけば、こっちの勝ちでしょ――？

――なんて考えてしまいそうなもんだが、聡明なレティシアはよくわかっているのだ。

それは愚策であるってな。

「いえ、それは難しいと思う。旗が設置される古代集落跡エリアはやや広めの市街地となっているから、死角が多く混戦になる危険性がある。こちらの連携を乱した上で陽動作戦をかけられたりすれば、あっという間に隙を突いて旗を奪われるわ」

「ええっと……つまり、どういうことですの？？？」

「十人という少人数では、籠城する方がリスクが大きいと言っているんだ」

いまいち理解の追い付かないエステルへ補足を入れるイヴァン。

こっちはレティシアの言いたいことをすんなり酌み取ったらしい。

「それに僕らは土地勘でも優位性がないし、前もって防衛の準備ができているワケでもない。ならばできるだけ市街地での戦闘は避けるべき。だろうレティシア夫人？」

「ええ、イヴァンの言う通り。そこで旗の防衛は一人だけにして、残り九人で迎撃に動くべきだと思う。――これを見て」

レティシアは地図に描かれた古代集落跡エリア周辺を指さし、

「このダンジョンは一見すると複雑に入り組んでいるように見えるけれど、中央の古代集落跡エリアへ入るためのルートは全部で四つだけ。内一つは正面の開けたルートで、ここは陽動作戦以外に使われないはず」

「えー、なんでそう思うのぉ？☆　ヨシュアのおバカが、Cクラスを率いて真っ直ぐ突っ込んでくるかもしんないじゃん♣」

不思議そうに尋ねるラキ。

レティシアはスッと地図から手を離し、

「……彼がそんな力押しみたいな真似をするとは思えない。彼は誰が見ても美しいと思うような、完璧な形での勝利に固執するはずよ」

「完璧な形での勝利って？◆」

「対等な条件の下、自軍の被害を最小限に抑え、それでいて敵に一切の優位性を与えない……そんな蹂躙するような形での勝利でしょうね」

あくまで淡々と説明する。

そしてひと呼吸ほど間を置き、

「ヨシュアは私に――いいえ、お父様《ウィレーム・バロウ》に〝絶対的な勝利《ワンサイドゲーム》〟を捧げてみせると……そう考えていると思うわ」

――その言葉に、一同はシンとする。

これ以上ない説得力だな。

というか絶対に考えてるだろう。

あのプライドの高いヨシュアのことだ。

まあ……相手を完璧に叩き潰すと思ってるのは、俺も一緒だけどさ。

「ヨシュアはスマートに勝つために、必ずダンジョンを迂回して旗を狙ってくる。そこで私の作戦は――」

地図を指さしながら、淡々と作戦内容を皆に伝えていくレティシア。

そして全て説明し終えると、

「――これが一番上手くいくと思うのだけれど、どうかしらアルバン？」

「なに言ってるんだよレティシア、改まって聞くまでもないだろ？　――最高だ」

▲▲▲

《ヨシュア・リュドアン視点《Side》》

『アンソニー・ジェロマンくん死亡！　Cクラス残り八名です！』

――ダンジョン全域に響き渡るパウラ先生の声。

どうやらアンソニーがやられたらしい。

Cクラスは僕が〝王《キング》〟になる時に一名退学者を出しているから、メンバーは全部で九名。

が、たった今一人欠けて八名となった。

誰一人欠けることなく〝王《キング》〟を選出したFクラスとは、これで二名の人数差が出たことになる。

数の上ではこちらが不利。

もっとも――

「予定通り、って面《ツラ》してんなぁヨシュアよ」

傍らにいたマルタンが微笑を浮かべながら話しかけてくる。

今回の中間試験では、彼が僕の副官役だ。

「ああ、アンソニーには悪いが早々に退場してもらった」

「アイツ言うこと聞かねぇし、阿呆のくせしてFクラスを舐め切ってたからな。味方にいても邪魔なだけだし捨て駒にしたのは正解だわ」

「陽動と言ってくれないかな。実際、彼のお陰でFクラスの動きが多少わかった」

僕はダンジョンの地図を俯瞰する。

今、攻撃側《オフェンス》の開始地点に残っているのは僕とマルタンの二人だけ。

残り六名は既に行動を開始している。

〝防衛側《ディフェンス》〟十名に対して、〝攻撃側《オフェンス》〟六名。

ほとんど倍の人数を相手にしなければならないが、それでも六人で十分と僕は判断した。

決してFクラスを舐めているつもりはないが——この試験を視察しているウィレーム・バロウ公爵に、完璧な勝利をご覧に入れる。

そう決めたのでね。

「ああ、アンソニーを瞬殺できる腕前ってなると限られるな。集めた情報によればレオニールって奴が強いらしいし、おそらく——」

「いや」

僕は地図を見つめたまま、マルタンの言葉を遮る。

「……アンソニーを倒したのはオードラン男爵だ。彼が動いている」

「は、はぁ？　オードラン男爵ってFクラスの〝王《キング》〟じゃねーか。普通は旗の傍に陣取って動かないんじゃ……」

「これは僕の推測に過ぎないが……Fクラスは旗を守っていない」

「なに……⁉」

「いや、正確には一人を旗の守りに残し、あとはこちらの迎撃に動いているはずだ。古代集落跡エリアで防衛戦をやるより、そちらの方がリスクが少ないと気付いたのだろうな」

「……マジか？　Ｆクラスにそこまでの戦術を考えられる奴がいるなんて……」

「フッ、いるさ。少なくとも一人はね」

いや……もしかしたら二人かもしれないな。

お互いを信頼し合っているからこそ、オードラン男爵は前線へと出られたのかもしれない。

正直、羨ましいよ。

それだけ信じ合える関係だなんて。

だが……その関係性だからこそ、こちらがわかることも多いんだ。

「それともう一つ……オードラン男爵が迎撃に動いているということは、逆に旗を守っている一名も予想がつく」

僕は地図をクルクルと丸め、

「彼が最も傷つけたくない人物であり、同時にＦクラスの司令塔としても機能しているであろう人物――レティシア・バロウだ」

▲　▲　▲

「ったくヨォ……ウチの旦那はマジで人使いが〝荒すぎる《クソハード》〟ってなァ」

ダンジョンの中を大きく迂回し、古代集落跡エリアへと向かう男の姿。

リーゼントヘアと目元の大きな傷痕、そして殺人犯にしか見えないほど凶悪な人相がトレードマークのキャロル・パルインス。

彼もCクラスメンバーの一人だ。

キャロルは口先ではグチグチ言いながらも、ヨシュアの指示をキッチリと果たそうとしていた。

「ま、俺ぁアンソニーのハナタレとは違うからよォ。さっさとFクラスの横腹に〝特攻《ブッコミ》〟かまして、旗もぎ取ってきてやんよォ！」


「――あら、そう簡単に〝お特攻《おブッコミ》〟なんてさせるとお思い？」


「あン……!?」

全速力で駆け抜けていたキャロルは足を止める。

そして――彼の前に姿を見せる、グルグルの金髪縦ロール。

「残念ですわね。ここから先は、このエステル・アップルバリが一歩も進ませねぇんですわ」

優雅に扇子を広げて口元を隠し、挑発的な眼差しを送るお嬢様――

Fクラスが誇る浪花の喧嘩師、エステルがキャロルの前に立ち塞がったのである。

「……オイ、オイオイオイオイオイオイオイオイオイ、よりによって〝女《レディ》〟かよォ」

キャロルは「血ッ《チッ》！」と舌打ちし、

「俺は〝女《レディ》〟とは〝戦争《ケンカ》〟しねぇし殴らねぇって決めてんだヨ。見逃してやるからとっと失せろやコラ！」

「こちとら〝クラスメイト《マブダチ》〟の夫婦生活がかかっているんですの。ここで退いたら〝乙女が廃る〟ってヤツなんよ……ですわ」

エステルはパシッと扇子を畳むと、不敵な笑みをキャロルへと向ける。

「……そんなに〝戦争《おケンカ》〟したくないなら、絶対に〝闘り《ヤリ》〟たい気分にして差し上げましょうか」

「ンだとォ……？」

「ご存じかしら？〝ぶっ潰し合い《おタイマン》〟が弱い奴ほど、喧嘩の前によく吼える……って」


——ビキッ！


エステルに言われた瞬間、キャロルが額に青筋を立てる。

「〝脅す《フカす》〟だけなら〝お子様《ガキ》〟でもできてよ。ビビッてねーで、さっさとかかってらっしゃいな——

臆病者の〝クソ雑魚〟さん」

「ブ………〝ブッ殺〟す！！」

「ウフフ、〝対よろ〟ですわ」

エステル凶騒曲

《エステル・アップルバリ視点《Side》》

「「オラアアアアッッッ！！！」」

ゴシャアッ！　という爽快な音を立てて、お互いのお顔にクロスカウンターがおヒットしますわ。

いいですわねぇ。

やっぱり〝お喧嘩〟はこうでなくちゃいけませんことよ。

「な、中々い～い〝剛拳《ゲンコ》〟じゃねぇーかよォ……！　とても〝女《レディ》〟たぁ思えねェ！」

「あら……あなたの〝剛拳《おパンチ》〟も悪くなくってよ……！　〝殺る気《やるき》〟があって素敵……！」

おミシミシと頬骨が軋む音が脳みそに響き渡ります。

もしダンジョンに魔法陣が張られていなければ、顎が砕けていたかもしれませんわね。

私の骨って、相当頑丈なはずなのですけれど。

貧乏商家の娘だった頃は、お喧嘩中に後頭部を金槌《ハンマー》でガツン！　とやられても逆に金槌《ハンマー》の方が砕けたくらいですし。

あの頃は〝血気盛ん《ヤンチャ》〟してましたわー。

懐かしいですわねー。

……今日は久しぶりに、あの頃の気持ちに戻らないといけないかしら。

この殿方、〝お喧嘩慣れ〟していやがるみたいですから――

私と彼はバッと間合いを離して、

「そういえば、まだお名前を聞いていませんでしたわね。伺ってもよろしくて？」

「〝応《おう》〟！　俺ぁキャロル・パルインス！　人呼んで〝鏖殺《みなごろし》のキャロル〟ってなぁ俺のことダ！

〝夜露死苦《よろしく》〟！」

「まあ、素敵な異名をお持ちなのね！　私の名前はエステル・アップルバリ！　どうぞ〝喧嘩殺法《ステゴロ》お嬢様〟とでもお呼びになって！」

私がお優雅に自己紹介をすると、キャロルはとっても驚いた顔をします。

「……！　アップルバリだと⁉　そうか、手前《テメエ》が〝アップルバリ&パワー商会〟の社長令嬢かァ！」

「あら？　私の会社をご存じですのね」

「ったりめぇヨ！　悪徳豪商に〝脅迫《ユス》〟られた貧乏商家の小娘が、二十人以上のチンピラを引き連れた豪商を全員まとめてぶちのめして、挙句にゃ豪商の会社も財産も全部〝強奪《ぶんどった》〟ってよォ……。

〝荒くれ者《ツッパリ》〟の中じゃ、今でも伝説として語り継がれてるゼ！」

まあまあ、私ってばそんな〝伝説《レジェンド》〟になっているんですのね！

なんだか照れちゃいますわー！

でも〝強奪《ぶんどった》〟だなんて失礼しちゃう。

私はただお喧嘩に勝って、正当な報酬を頂いただけですもの。

もし負けたらこっちの財産が取られていたんですから。

大変だったんですのよ？

「エステル・アップルバリ……俺ぁアンタに〝敬意《リスペクト》〟を表すル！　〝荒くれ道《ツッパリ・ウェイ》〟に生きる一人としてヨ！」

「嬉しいことを言ってくれますわね。でも、私は〝荒くれ者《ツッパリ》〟ではなくて〝お嬢様〟なのですけれど？」

「いーや、アンタは〝荒くれ者《ツッパリ》〟だ！　俺の熱い〝魂《ココロ》〟がそう認めてんだヨ！　だからこそ――〝敬意本気《リスペクト・オブ・マジ》〟で行かせてもらうゼ！」

キャロルはグッとリーゼントを整えると、全身の筋肉に〝魔力《おパワー》〟を込めます。

「――〔特攻凶騒曲《ブッコミラプソディ》・純情一番星《シャイニングスター》〕ッ！！」

次の瞬間、彼は全身の筋肉という筋肉がバキバキのムキムキに肥大化。

オークやホブゴブリンなんて裸足で逃げ出してしまいそうなほどの、ゴリマッチョメンに変貌を遂げます。

「ふぅん、〝肉体強化〟の魔法かしら」

「〝応《おう》〟！　コイツが俺の使える唯一にして最強の魔法！　全力全開のフルパワーだ！」

「はち切れんばかりの〝筋肉〟……いいですわね、ウットリきますわ。でも――」

「あン？」

「――擬い物の筋肉が〝乙女の覚悟〟より強いと思ったら、大間違いなんだわ」

タンッ、と地面を蹴飛ばした私は――キャロルの懐へと瞬時に〝移動《おワープ》〟。

ギチギチッと右手の拳を握り締め、

「チェストおおおおおおううぅッ！！！」

「ごぉ――あああああああああッッッ⁉」

彼のどてっぱらに、思い切り〝殴打《おパンチ》〟をお見舞いして差し上げます。

メキャメキャ！　ゴキボキ！　という鈍くて重い打撃音と共に吹っ飛んでいくキャロル。

とっても痛そう。

でもご安心なさって。

このダンジョンには魔法陣がありますから、幾ら殴ってもおっ死《ち》んだりはしませんの！

「おわかりになって？　これが〝乙女の覚悟〟の重さ……そして純然たる気合と根性のみで鍛え上げた〝本物の怪力《おパワー》〟ってヤツですわ」

忘れもしませんわ……。

まだ貧乏商家の娘だった、あのつらく苦しい日々……。

お金がないせいで人も雇えず、身体が不自由なお父様は力仕事なんて無理。

それでもお店を盛り上げようと私は、一人で十人分の重肉体労働を毎日こなしておりました。

何十キロ、何百キロもある大樽を担いで、お店と倉庫を行ったり来たり。

とっても大変だったけれど、私には〝夢〟があったんですの。

いつか本物のお嬢様になるって――

そんな淑女の淡い夢を胸に、ただひたすらに努力を続けた結果――私の〝筋肉〟は至高の領域にまで鍛え抜かれてしまいました。

以前、パウラ先生にも言われたことがありますわ。

『エステルさんの肉体は異常ですね！　〝肉体強化〟の魔法では、どんなに強大な魔力があってもこんな怪力は出せませんよ！』

『純粋な筋トレ――鍛錬だけで、あなたの〝筋肉〟は魔法を超越してしまったようです！』

ああ、努力と根性だけで〝筋肉〟が魔法を超えてしまうなんて……。

私ってば、なんて罪な女……！

でも――だからこそ断言できますわ。

私は、擬い物なんかに負けたりしないって。

「へ……へへ……！　今のは中々、〝強烈《タフ》〟な一撃だったぜェ……！」

お腹を大きく陥没させながらお立ちになるキャロル。

あなたも大概に根性キマッてますわね。

よろしくてよ！

あの頃の気持ちに戻ってきましたわ！

お店やお父様を守るために、地上げやチンピラと〝喧嘩《ツブしあい》〟に明け暮れた〝青春〟の日々に！

「あら、今のなんてほんのご挨拶。ここからが〝本番《マジ》〟でしょう？」

「〝上等〟だァ！　〝鏖殺《みなごろし》のキャロル〟の〝特攻出発《デッパツ》〟、とくと見やがれェ！」

「「行くぞオラアアアアアッッッ！！！」」

時間稼ぎ

ゴ――――ン！　という鈍い音が響き、ダンジョン全体が大きく揺れる。

まるで途方もない怪力と怪力、気合と根性のこもった拳と拳がぶつかり合ったかのような、そんな衝撃と振動。

「アハハ〜！　キャロルの奴ってばもうおっぱじめたの〜？　はっやーい！」

「ええ、どうやらそのようね」

キャロルがエステルと血湧き肉躍る戦闘を始めたのと同じ頃、二人のCクラス女子生徒が別の迂回ルートを進んでいた。

一人は背丈が低く童顔で、ワザと目立つようにド派手な巨大リボンで髪を結んでおり、さらに厚めの化粧《メイク》と他者を小馬鹿にしたような笑みが特徴のペローニ・ギャルソン。

もう一人は逆に化粧っ気のない精悍な顔つきで、動きやすいよう髪は短めに切られており、腰には二本の剣を携えたエルフリーデ・シュバルツ。

二人は全速力でダンジョンの中を進みながら、

「んも〜、戦う時はもっと静かにやれっていつも言ってんのにさぁ。だからモテないんだっつーの、あのリーゼントは！」

「作戦に集中しなさいペローニ。油断していると足をすくわれるわよ」

エルフリーデは相変わらずゴーン！　と揺れるダンジョンを見ながら、

「ダンジョンを揺らすほどの衝撃……キャロルは間違いなく〝肉体強化〟の魔法を使ってる。相手はそれほど強いということよ」

「考えすぎだってば〜エルフリーデ。Fクラスなんかがアタシたちに勝とうなんて、百万年早いんだっつーの！　——っと」

会話をしていたペローニとエルフリーデは、前へ前へと進めていた足をピタリと止める。

前方に人影を見つけたからだ。

それも、二つ。

片方は巨大な戦斧を、もう片方は小型のクロスボウを手にしている。

「——レティシア嬢の言った通りであったな。裏口からネズミが二匹」

「予定通り、だね☆」

まるで待ち構えていたかのように立ち塞がる二人のFクラスメンバー。

それはローエン・ステラジアンとラキ・アザレアであった。

「ほう……」

二人の姿を見たエルフリーデは気が付く。

どうもこちらの作戦は見抜かれているかもしれない、と。

「ペローニ、先に行って。ここは私が引き受ける」

「えぇ～、アタシにやらせてよ！　あっちの可愛い子とは、なんか気が合いそうだしぃ！」

チラッとラキのことを流し見るペローニ。

それに対し、ラキは「べぇ～♠」と舌を出して応えた。

エルフリーデは腰から二本の剣を抜き、両手で構える。

「駄目よ。単独潜入ならあなたの方が適任だもの」

「はぁーい。それじゃ頑張ってにぇ、エルフリーデ！」

バッと身軽に動き、ラキたちの横を通り過ぎて行くペローニ。

しかしローエンたちはそんな彼女を止めようとせず、そのまま素通りさせる。

その様子を不審に思ったエルフリーデは、

「……止めないの？」

「モチのロン♣　だってそれも作戦のうちだから♪」

「なんですって……？」

「〝ペローニという女子生徒を見たら素通りさせていい〟とな。それより、自分の心配をしてはどうだ？」

ローエンはグッと戦斧を構え、

「俺たちの役割は、あくまでお前の足止めだ」

「勝手に一人になったのはそっちだかんね◆　二対一で卑怯だとか言わないでよ♤」

「……」

エルフリーデはしばし無言となる。

目の前の二人――もっと言えばＦクラスの作戦というのがどうも読めなかったからだ。

だがすぐに、彼女は煩雑化した思考を振り払う。

自分の頭ではどうせ考えても無駄だと思ったからだ。

そして片腕に握る剣の切っ先をローエンへと向ける。

「……貴殿の名前、ローエン・ステラジアンで相違ないかしら？」

「む？　俺の名を知っているのか？」

「私ではなくマルタンが知っていたわ。職業騎士の中では有望な男だと」

ああ、と内心で納得するローエン。

同じ職業騎士であるマルタンとローエンは、互いのことを知っていた。

とはいえ知り合いというほどではない。

故に直接会ったこともなかったが――

「時に、貴殿はマルタンよりも強いのかしら？」

「どうであろうな。なにせ奴と刃を交えたことはないのでわからんが――」

「そう」

次の瞬間、エルフリーデがフッと地面を蹴り、ローエンの視界から消える。

そして——彼女は刃を振りかざし、恐ろしいほどの速さでローエンの眼前まで急接近してきた。

「むぅ……!?」

ギインッ！　と木霊する、戦斧と剣が噛み合う金属音。

紙一重のところでローエンは防御に成功したのだ。

「私は……こう見えてマルタンより強いわよ」

「ローエン！」

すかさず彼を助けようとクロスボウを発射するラキ。

しかしエルフリーデは、片手の剣でいとも容易く放たれた弓矢を弾く。

一方、彼女がほんの一瞬弓矢に気を取られた隙に、

「ぬぅんッ！」

ローエンは剣を弾き飛ばす。

さらに追撃とばかりに戦斧を振るうが、エルフリーデにヒラリと回避されてしまう。

「あなたたち、さっき二対一で卑怯だと思うなんて言ったわね。申し訳ないけれど、それは自信過剰というものよ」

エルフリーデは双剣を構え直し、

「むしろハンデをあげたくらい。あなたたちなら二対一で丁度いいか——まだ足りないくらいかもね」

見下すような視線を二人に向ける。

そんな彼女の台詞を聞いたラキは――

「……ぷっ、くっくっく……！」

「……？　なによ、なにがおかしいの？」

「いやさぁ～、本当にレティシアちゃんの言う通りだなぁって思って♪」

笑いを堪え切れないといった様子で、ラキはクスクスと口の端を吊り上げる。

ローエンも不敵な笑みを浮かべ、

「さっき俺に名を尋ねたな。ならばお前も答えるのが筋だろう」

「……エルフリーデ。エルフリーデ・シュバルツ」

「エルフリーデよ、確かにお前は強そうだ。悔しいが俺やラキより強いかもしれん。だがそれもレティシア嬢が予想していたことよ」

「〝大本命《ペローニ》の護衛は一際強い生徒が宛がわれるはず〟ってね♤　ぶっちゃけちょっと半信半疑だったけど、ズバリ大当たり♥」

ラキはクロスボウに新しい弓矢を装填しつつ、

「Cクラスメンバーのことはぼちぼち調べさせてもらったよ☆　あのペローニって子、ちょっと変わった魔法が得意なんだってね。どうにもそれが潜入や単独行動にはうってつけとか……♪」

「――――！　お前ら……！」

「諜報はウチの得意分野だからさ◆　それにCクラスもウチらのこと嗅ぎ回ってたのは知ってるし、ズルいなんて言わせないよん♠」

小悪魔のような微笑を口元に浮かべるラキ。

対するエルフリーデの顔には幾ばくかの焦りが滲む。

ローエンは戦斧の切っ先をエルフリーデへと向け、

「それにさっき言っただろう？　俺たちの役割は、あくまでお前の足止めだと」

グッと腰を落とし、両手で戦斧を構え直す。

「ここで時間稼ぎさえできれば……この戦い、俺たちの勝ちだ」

昔と同じと思うなよ！

《イヴァン・スコティッシュ視点《Side》》

ゴ――ン！
ズガ―――ン！
ドガ――――ン！！！
――遠くから聞こえてくる、けたたましい戦闘音。
それと同時にダンジョンが何度も揺れ、天井からパラパラと塵が落ちてくる。

……この騒音のほとんどは、エステルが鳴らしているのだろうな。

というかダンジョンを揺らすほどアグレッシブな戦い方ができるのなんて、オードラン男爵を除けば彼女くらいだ。

やれやれ……少し静かに戦うということができないのかな、あの怪力令嬢は。

「……なぁ、イヴァンよぉ」

隣で長柄槍を肩に担ぐマティアスが、退屈そうに尋ねてくる。

――僕とマティアスは、古代集落跡エリアへと繋がる三つ目の迂回路を守っている。

残り二つの迂回路は既に戦闘が始まっているらしく、こちらもいつ敵が来てもいいように武器を手にしている。

「なんだ？」

「俺たちのとこには、一体いつ獲物がくるのかねぇ」

「さあな。とにかく警戒を緩めるな」

「……へへ」

「？　なんだ、なにが可笑しい？」

「いやね、お前さんがレティシア嬢の作戦に全く異を唱えなかったのは意外だなってよ」

「フン……それだけ彼女の作戦が優れていただけだ」

「確かにな。でもそれだけじゃないだろ？」

「……」

「俺はさ、オードラン男爵とレティシア嬢の二人がすっかり好きになったよ。あの夫婦はなんか憎めないし、やっぱ二人一緒にいてほしいって思えるんだよな」

気が抜けたような微笑を浮かべて、マティアスは槍を肩から離す。

彼は言葉を続け、

「お前だってそうなんじゃねーか？　だから〝レティシア嬢の理想の勝ち方〟に賛成した、だろ？」

「……別に、勝てるならなんでもいいだけさ」

「素直じゃないねぇお前さんは。そういうところがホーント可愛いよなぁ」

「か、可愛いってなんだ！　貴様、僕を馬鹿にしているのか⁉」

ケラケラと笑うマティアス。

こ、こいつ、絶対に僕のことを舐めてるな……！

この中間試験が終わったら覚えておけよ！

――なんて思ったのも束の間、

「「――ッ！」」

僕とマティアスは気配を察知し、武器を構える。

……遠くから聞こえる足音。

数は、おそらく三人。

そして足音の主たちは、すぐに僕らの前に姿を現した。

「――あれ？　あれあれぇ？　二人しかいないじゃん」

「ンだよ！　ヨシュアの奴ぁここが一番守りが堅いって言ってたのによぉ！」

「ヒ、ヒヒヒ……だけど好都合……！」

現れたのは男子二人、女子一人の三人組。

二本の短剣を持った、背の低い赤髪の男子。

巨大な鉄球付きの鎖を持った、背の高いスキンヘッドの男子。

魔法用の杖を持った、前髪で目元を隠した女子。

……ラキが言っていたな、〝Cクラスにはいつも一緒に行動する三人組《トリオ》がいる〟と。

赤髪の男子がチェルアーノ・ヤニック。

スキンヘッドの男子がギャレック・ドルトリー。

目元を隠した女子がフィアンカ・ルフレイ。

――という名前だったはず。

一人一人は大したことはないが、三人で連携を取られると厄介だとか。

赤髪のチェルアーノは短剣をクルクルと回し、

「なーんだ、てっきり四人くらいで守ってると思ってたのに」

つまらなそうにため息を漏らす。

――そう思うのも当然だろう。

僕たちが守っている場所は三つある迂回路の中で最も道が広く、多人数で攻め込まれれば抜かれる可能性が高い。

だからこそ守りを厳重に、防衛人数を多く置いていると思うのはごく自然だ。

「しかも……守ってるのが雑魚《トリオ》じゃあねぇ。こんなのつまんないよ」

「ほう、僕たちが雑魚だと？　随分知ったような口を利くな」

僕が言い返すとチェルアーノはクククッと笑い、

「ああ、知ってるとも。キミたちって、以前オードラン男爵と戦って手も足も出なかったんだってね？」

「しかも三対一で負けたんだろぉ？　寄ってたかって無様に負けたなんざ、雑魚以外のなんでもねぇよなぁ！」

「ヒヒヒ……しかも今は二人だけなんて……楽勝……！」

明らかに馬鹿にした様子で三人は言う。

……まあ、それは事実だ。

クラスの〝王《キング》〟を決める際に、僕・マティアス・ローエンはオードラン男爵たった一人に完全に打ち負かされた。

文字通り、全く歯が立たない状態で。

オードラン男爵にとって、間違いなく僕らは雑魚だったのだ。

今更、否定も反論できない。

「ああ、そうだそうだ。それとキミがイヴァン・スコティッシュだよね？　元・スコティッシュ公爵家跡取りの」

「――！」

「風の噂で聞いたよ？　Fクラスの〝王《キング》〟になれなかったせいで、スコティッシュ公爵家跡取りの座を弟に取られたんだってね？　それって本当なの？」

「……」

……ほう、一体どこで聞いたのやら。

まったく嫌になってしまうな。

今なら悪評に困るオードラン男爵の気持ちがよくわかるよ。

「ああ、本当だ」

「！　おいイヴァン、お前……！」

「マティアス、今は黙っていてくれ」

――Fクラスの皆は、この事実をまだ知らない。

知らせる必要はないし、知ろうと思わなくてもいずれ知ることになるだろうからな。

時間の問題ではあった。

僕が肯定してやると、Cクラスの三人はゲラゲラと笑い転げる。

「アッハハハハ！　あの〝最低最悪の男爵〟に負けて跡取りの地位を失うとか、恥ずかしくないの⁉　ねえ！」

「なっさけねぇよなぁ！　俺なら恥ずかしくて自害しちまうよぉ！」

「ヒ、ヒヒヒヒ……！　貴族失格……！」

言いたい放題な三人組。

そんな彼らを見てマティアスは「チッ！」と舌打ちし、激しく苛立った顔をする。

「おい、手前《テメェ》ら……！」

「待て、マティアス」

——憤るマティアスを制止し、僕は片手剣を持ったまま数歩ほど前へ出る。

「……笑いたければ笑うがいいさ。僕がスコティッシュ公爵家から見放されたのは事実だからな。だが——」

「ん？」

「キミたちは二つ思い違いをしている。まず一つ、僕はオードラン男爵に敗れて彼の配下になったことを恥とは思っていない。彼の才を知れば、むしろ必然だったとすら思っているよ」

口元に微笑を浮かべ、僅かに片手剣を揺らす。

「そして二つ、オードラン男爵にとって僕が雑魚なのは間違いないが——」

——フッと地面を蹴る。

軽やかに、まるで飛ぶように。

次の瞬間——僕はチェルアーノの喉元に片手剣の切っ先を突き付けた。

「…………え？」

「だからといって、キミたちにとっても雑魚だとは限らない」

——目にも留まらなかった、という顔をしているな。

僕がほんの一瞬で間合いを詰めたことに、まるで気付けなかった——といった感じだ。

「う……そ……」

「オードラン男爵の速さは、こんなものではなかったぞ？」

口元の微笑を消し、冷たい眼差しでチェルアーノに言い放つ。

これが実戦なら首が飛んでいるし、なんならこのまま突き刺して死亡判定にしてやってもよかったのだが……それでは僕の気が収まらない。

僕は彼の喉元から片手剣を引くと、仕切り直すように彼らから間合いを離す。

「確かに僕らはオードラン男爵に負けた。だが手も足も出なかったのは昔の話だ」

「「「……っ！」」」

「マティアス」

「ああ」

マティアスもニヤリと笑い、長柄槍を構えて僕の隣に立つ。

——レティシア嬢がこの道に僕らを配置したのは、ちゃんと理由がある。

彼女はわかっているのだ。

イヴァン・スコティッシュとマティアス・ウルフの、〝今〟の実力を。

「あの日彼に負けてから、僕らがどれだけ特訓して、一体どれだけ強くなったのか……見せてやろうじゃないか」

僕は決めた。

マティアスも同じ気持ちらしい。

この三人に――あの時の僕らと同じ敗北を味わってもらおう、と。

「な、舐めやがって……！」

チェルアーノはギリッと歯軋りし、怒りと焦りが綯い交ぜになった顔で得物を構える。

他の二人も同様だ。

ああ……あの時の僕らもこんな顔をしていたのだろうな。

やはり今ならオードラン男爵の気持ちがよくわかる。

この三人の誰一人として、彼とは比較にならない。

まるで――〝虫けら〟にしか見えないよ。

「どうした？　武器に〝恐怖〟が滲み出ているぞ？」

僕は不敵な笑みを浮かべ、ワザとらしく彼らを煽った。

「黙れ！　やるぞお前ら！」

「おう！　俺たちをコケにしたこと、後悔させてやらぁ！」

「ヒ、ヒヒヒ……！」

一斉に襲い掛かってくる三人組。

その動きは確かに連携が取れており、一見すると鮮やかな動作だ。

だが――鈍すぎる。

「くたばれオラァ！」

ギャレックが鎖を振り回し、鉄球を思い切り振り下ろしてくる。

当たればタダでは済まないが、そんな大振りが当たるワケもない。

僕とマティアスが軽く回避すると、

「ヒヒヒ――〈ダミー・ファントム〉！」

フィアンカが魔法を発動。

直後、ギャレックの背後から二人のチェルアーノが現れた。

「「アハハ！　本物はどっちかなぁ！」」

――成程、〝幻術魔法〟の一種だな。

確かに一目見ただけでは、どちらが本物か見分けがつかない。

そしてどうやら、チェルアーノの狙いは僕の方らしい。

本物か分身か判別できないのは厄介ではあるが――

「――〈アクア・ウィップ〉」

そんなもの、両方始末してしまえばいいだけだ。

僕は片手剣を振るい、蛇腹のようにうねる水の刃を長く引き伸ばす。

そして大蛇を操るかの如く水流の斬撃を放ち、二人のチェルアーノを同時に斬り裂く。

ズタズタになった二つの身体だったが、そのどちらも霧散。

「残念！　分身が一つだけなんて言ってないよ！」

いつの間にか死角へ入り込んでいた本物のチェルアーノが、背後から斬りかかってくる。

ふむ、悪くない戦い方だ。

厄介だと評されるだけはある。

だが……避けるまでもない。

「アハハ！　これで一匹――めッ⁉」

勢いよく間合いへ入って来たチェルアーノだったが、突如ガクッと体勢を崩す。

まるで大蛇に足を搦め捕られたかのように。

〔アクア・ウィップ〕で伸ばした水流の刃が、彼の足に巻き付いたのだ。

僕はパウラ先生やFクラスの皆との特訓の末、これくらいには自在に水流を操れるようになっていた。

感覚としては、剣の中に蛇でも飼っているイメージだろうか。

やろうとさえ思えば攻防共に全自動《フルオート》で制御できる。

まあ、これだけ出来てもオードラン男爵には到底敵わないがね。

「クソッ、なんだこれ……⁉」

「こんなモノで驚かないでくれたまえよ。まだ彼に花を持たせてないのでね」

「そういうこと」

――チェルアーノに向かって長柄槍を突き込もうとするマティアス。

チェルアーノの足はまだ水流で搦め捕られており、この攻撃は確実に避けられない。

「お――おいギャレック！」

「わかってらぁ！」

今度はマティアスの背後にギャレックが迫る。

「うりゃあああ！」

大きく振りかぶられる鉄球。

だがマティアスは振り向くこともなく、

「――〔エアリアル・ブレイド〕」

風属性の魔法を発動。

長柄槍の後部石突が風刃をまとい、射出杭が放たれるように一気に伸びる。

「ぐ――お――！」

しかしギリギリのところで回避されてしまい、ギャレックの頬をかすめていく風刃の杭。

「へ、へへ、残念だったな――！」

「おっと、死神はまだ笑ってるぜ？」

「は――？」

次の瞬間、長く伸びた風刃の杭が〝風刃の大鎌〟へと変貌。

魔力を操作し、〔エアリアル・ブレイド〕の形状を変化させたのだ。

「ひっ――⁉」

大鎌は首を落とすようにビュン！　と引かれるが、身を屈めたギャレックはすんでのところで回避。

すぐに顔を上げるものの、

「あ、れ……？　アイツ、どこに――」

その時には、マティアスの姿はギャレックの眼前から消失していた。

だが呆気にとられたのも束の間、

「俺なら上《ここ》だよ、ウスノロ野郎」

ギャレックの頭上から声が響く。

大鎌を引いた直後、マティアスは軽やかにギャレックの頭上へと跳躍。

彼は空中でクルリと回転し――ギャレックの背中に思い切り蹴りを入れた。

「ぐほおッ!?」

「ちょっ……！」

ギャレックはチェルアーノのところまで吹っ飛び、二人は激突。

僕たちの前でなんとも無様な姿を晒す。

「い、痛てて……なにすんだよこの木偶の坊！」

「う、うるせぇ！　テメェが仕留め損なったのが悪いんだろうが！」

「ふ、二人共なにしてるの……！　早くやっつけちゃってよ……！」

遂に仲間割れまで始める三人組。

やれやれ、見苦しいことだ。

「チ、チクショウチクショウ！　ここからだ！　ここから本気を出すぞ！」

ギャレックを退かしたチェルアーノが、怒りで顔を真っ赤にしつつ言い放つ。

それを聞いたマティアスは「へえ?」と鼻で笑い、

「だとさ相棒」

「いいんじゃないか。こちらもウォーミングアップが終わったところだ」

僕は眼鏡をクイッと動かし、その隣でマティアスは首をコキッと鳴らす。

――きっとあの三人の目には、今の僕らが化物にでも見えていることだろう。

あの時のオードラン男爵が、僕らの目にそう映ったように。

「フィアンカ、〝とっておき〟だ! アレやるぞッ!」

「う、うん、了解……!」

チェルアーノの指示を受けたフィアンカは、大量の魔力を杖へと込める。

「ム、ムムム――〔ダミー・ファントム〕!」

彼女はさっきと同じ〝幻術魔法〟を発動。

しかも今度はチェルアーノとギャレックがそれぞれ二人ずつに分身。

余計に判別がし難くなる。

「――〔ディープ・ミスト〕ッ!」

重ねてフィアンカが魔法を発動。

周囲一帯に濃霧が立ち込め、一気に視界が効かなくなる。

しまいには、僕とマティアスもほとんど互いの姿を視認できないほどになった。

「さあさあ、この濃霧の中で一斉に攻めるよ! どれが本物で誰が狙われるか――キミたちに対処できるかなぁ⁉」

「今度こそ……ぶっ殺してやらぁ！」

濃霧の中へと飛び込んでくる足音。

次の瞬間から、濃霧の中で武器と武器が噛み合う金属音が鳴り響く。

それは数分ほど続いたが――すぐになにも聞こえなくなり、濃霧は静寂に包まれた。

「ヒ、ヒヒヒ……終わったみたいね……！」

静かになった濃霧を見て、フィアンカはハァハァと息を切らしつつ笑みを浮かべる。

消費の激しい魔法を連続で発動し、もう魔力がほとんど残っていないようだ。

だから〝とっておき〟だったのだろう。

「あ、案外呆気なかった……やっぱり負け犬は所詮負け犬……！」

チェルアーノたちの勝利を確信するフィアンカは魔法を解除。

濃霧が消失し、再び視界がクリアになる。

――刹那、

「負け犬が――なんだって？」

片手剣と長柄槍が、フィアンカの首へとあてがわれた。

勿論――それら武器の持ち主は僕《イヴァン》とマティアスだ。

「フ…………ヒェ…………？」

フィアンカは声にならない声を上げ、硬直する。

次に彼女が見たモノは、死亡判定となって地面に倒れるチェルアーノとギャレックの姿。

「チェ、チェルアーノ……ギャレック……⁉　な、なななんで……！」

「雑魚が二人から四人に増えたとこで、俺たちなら目を瞑ってでも始末できる――そういうこった」

「そうだな。全て倒せばいいだけだ」

「ば……ばばば、化物だぁ……！」

「その台詞はオードラン男爵にでも言ってあげてくれ。彼の方が正真正銘の怪物だからな。……さて」

僕は片手剣をチャキッと動かし、

「降参するか、まだ戦うか……好きな方を選びたまえ」

フィアンカに問うた。

すると彼女はヘナヘナと腰を抜かし、

「…………こ、降参、しましゅ……」

敗北を認める。

――この直後、ダンジョン全体にパウラ先生の声が響き渡り、チェルアーノ・ギャレック・フィアンカの三人組の死亡判定を伝える。

レティシア嬢の作戦通り、戦いの局面が動いた瞬間であった。

アサシン・ダークネス

《ヨシュア・リュドアン視点《Side》》

『チェルアーノ・ヤニックくん死亡、ギャレック・ドルトリーくん死亡、フィアンカ・ルフレイさん死亡！　Ｃクラス残り五名です！』

「なっ……なにやってんだアイツら⁉」

マルタンが驚愕で目を丸くする。

同時に冷や汗が彼の額から滴り落ちた。

……正直に言って、僕も少し驚きだ。

あの三人組の実力は僕もマルタンもよくわかっている。

一人一人の実力は高くないにせよ、連携戦術に関しては決して侮れない。

特にフィアンカ。

彼女の魔法が有効に働けば、倍の人数を相手にしても立ち回れるはず。

だからこそ、彼らに最も守りが堅いであろう迂回ルートを任せたのだ。

事実、Ｃクラスメンバーの中であの三人組の連携戦術に打ち勝てたのは、僕とエルフリーデだけだったからな。

それがこうも容易く……。

……これもオードラン男爵やレティシア嬢の計算のうちだというのか？

いや、まさかな——

「……悔しいが、これで完璧な形での勝利は不可能となった」

「お、おいヨシュア……」

「だがまだ勝負はついていない。この中間試験は、あくまで〝旗〟の奪い合いだからな」

——そう、そうだ。

相手を倒す、倒されるではない。

目的を履き違えてはならない。

それに、僕らはまだ主力を失ってはいないからね。

「彼女が——ペローニが無事な限り、勝つのはCクラスの方さ」

▲　▲　▲

「ちょっと、あの三馬鹿ってばなにやられちゃってんのぉ!?」

Fクラスが守る旗の下へ向かうペローニは、三人組の死亡放送を聞いて「マジぴえん！」と舌打ちする。

「ふーんだ、別にいいもんね！　アタシはアタシの〝仕事ができる《しごでき》〟を見せるだけだし！」

最後はペローニちゃんしか勝たん！　ってわからせてやるっつーの！

と内心で自身を鼓舞するペローニ。

そしていよいよ――彼女はダンジョン中央の古代集落跡エリアに到着した。

「ようやく来ちゃ！　さ～てぇ？　可愛い可愛いアタシの旗ちゃんはどこかにゃ～？」

出来るだけ背が高い廃墟へ上り、古代集落跡エリアを見回す。

すると――

「好《ハオ》～♪　発見～」

遂に、ペローニは旗を見つける。

あれを回収して自陣にまで持って帰ればＣクラスの勝利。

彼女にとっては朝飯前だったが――

「……でも変なの～。誰も旗を守ってないんですけど～？」

てっきりペローニは、旗の傍にはアルバン・オードランやレティシア・バロウが待ち構えているものと思っていた。

だが――そのどちらもがいない。

それどころか旗の周囲に人影はなく、もぬけの殻だ。

「怪しくね？　まだＦクラスって誰も死んでないっしょ？　なのになんで――」

「カァー！」

その時だった。

古代集落跡エリアの上空に、鳴き声が響き渡る。

「んぉ？　カラス？」

「カァー！　カァー！」

「なしてこんなトコ《ダンジョン》にカラスなんているん？　どっかから紛れこんだん？」

ま、いっか。

カラスなんて気にしててもしょーがないし。

――と、ペローニは気持ちを切り替えて旗の下へと向かう。

「ま、見えないだけで誰か待ち構えてるかもしんないし～……っと」

そろりそろり、と慎重に市街地の中を移動。

古代集落跡エリアには廃墟となった建造物が数多く存在しているため、姿を隠す場所は無数にある。

それを理解しているペローニは奇襲に備えつつ移動していくが――結局、人の気配を一切感じないまま旗の付近へ到着した。

「マジ人の気配ないわ。でも鬼ラッキー！　これなら楽《チル》に持って帰れるじゃん！」

「カァー！」

再び、上空でカラスが鳴く。

それもペローニの頭上を旋回して飛びながら。

「……あのカラスってば、うっさいなぁ～。なんでアタシの上をグルグル飛んで――」

「――それは……あなたをじっと見つめているから……」

「うぅおぉぉわっひゃあああああ⁉⁉」

背後から突然聞こえた女生徒の声に、思わずビクーン！　と背筋を伸ばすペローニ。

彼女は飛び上がる猫のように距離を取る。

それと同時に、上空を旋回していたカラスは女生徒の肩に止まった。

「だっ、だだだだ誰ッ⁉」

「私は……カーラ・レクソン……。ちなみに……この子はダークネスアサシン丸……」

「カァー！」

ペローニの背後を取った女生徒は、Ｆクラスのカーラだった。

そして先程からペローニを監視するように飛んでいたのは、彼女の相棒ダークネスアサシン丸である。

「こ、このアタシが背後を取られるとか、マジエグちなんですけど……⁉」

潜入や単独行動が得意なペローニは、周囲への警戒を怠るような真似はしない。

それどころか気配には人一倍敏感なはずなのだが、それでもカーラの接近には気付けなかった。

それほどにカーラは存在感が薄いのだ。

「……私は暗殺《アサシン》一家の家系に生まれた娘……背後くらい取れないと……お話にもならない……」

「カァー！」

そうだそうだ！　と賛同するように甲高く鳴くダークネスアサシン丸。

カーラの名前を聞いたペローニは驚いた顔をして、

「！　あぁ……それじゃアンタが、あの悪名高いレクソン家の次女なんだ」

僅かにニヤッと口の端を吊り上げる。

「知ってはいたよ。国王の懐刀にして、ヴァルランド王家が唯一正式に認可する暗殺一家……その次女がＦクラスにいるってのはさ」

「……」

「暗殺者《アサシン》なんてマジきっしょ――って言いたいとこだけど、アタシも密偵《スパイ》の家柄に生まれた身だから？　案外ご同類かもね？」

「暗殺者《アサシン》と密偵《スパイ》は全然別物……同類なんて思わない方がいい……」

シュッと両手に苦無《クナイ》を構えるカーラ。

だが武器を構えても尚、彼女から殺気は放たれない。

存在感は希薄なままで、目の前にいるのに今にも見失ってしまいそう――とペローニが感じるほどだった。

「……旗は渡さない……アルバンくんとレティシアちゃんの幸せ……そして私の執筆する『アル×レティ甘イチャな二人の幸せ結婚学生生活』シリーズは終わらせない……！」

「！　アル×レティ――ってもしかして、あの小説アンタが書いたヤツなの？」

「――!?　まさか、知って……!?」

「学園の裏で出回ってる、あの〝しょーもない恋愛小説〟っしょ？　アレさあ、きしょいって」

ペローニはヒラヒラと手を動かし、まるで汚いモノを振り払うかのような素振りをする。

「ちょっと読んだけどさ〜、あんな喪女が妄想したようなベタベタな恋愛とか結婚生活なんて、あるワケないじゃん。全然リアルじゃないし、割とガチ《わりガチ》でキモいんだよね」

「カ、カァー！」

「キラキラな恋愛〜？　胸きゅんな青春〜？　もうさ、そういうの卒業したら？　ああいうの読むと、こっちまで恥ずく――」

「カァー！　カアァー！」

「――ちょっと、そのカラスうっさいんだけど！　早く黙らせ――――！」

「…………………………許さない」

「へ？」


「許さない……絶　対　に　許　さ　な　い」

――瞬間、初めてカーラが殺気をまとう。

それも尋常でないほどの。

まるで悪魔か怨霊か――いや、それすらも泣いて逃げ出してしまいそうなドス黒い殺気。

カーラの足元に転がる小石がカタカタと震え、周囲の空気が湿り気を帯びる。

彼女は血走った目をギョロリと動かし、髪の隙間から見下すようにペローニを睨む。

「よくも……よくもよくも、よくも乙女の憧れを貶したな……！　お前だけは……泣いて謝っても許さない……！」

「あの、ちょっと……!?」

「乙女コンテンツを愛する暗殺者《アサシン》が、どれほど恐ろしいか……思い知れッ！！！」

暴君は遅れてやってくる

「ぬううぅぅんッ！！！」

豪快に戦斧を振りかぶり、エルフリーデへと斬りかかるローエン。

それは大岩すらも叩き斬りそうなほどの勢いだったが、エルフリーデはヒラリと身軽に回避。

「そんな力任せの攻撃、私には当たらないわよ」

「だが、時間稼ぎにはなるだろう！」

ローエンは苦笑を浮かべながら猛攻を繰り出し続ける。

――彼の言った通り、エルフリーデとローエンの実力差は明確。

まるでレオニールと戦っているようだ、とローエンが内心で思ったが――

「いや……それは言い過ぎか」

ゼェゼェと息を切らしながら、ローエンは独り言のように呟く。

「まだまだ、レオニールとの稽古の方が大変であろうよ……！」

「ちょっとローエン！　そいつの動き止めてくんなきゃ狙えないよ！♠」

クロスボウを構えて狙いを定めようとするラキ。

だがエルフリーデの身軽な動きに翻弄され、中々発射のタイミングが定まらない。

「そんなこと、わかっている！」

「まるでダメね。ロクに連携が取れていない。あなたたち、普段コンビを組んでいないでしょう？」

見透かしたように言うエルフリーデ。

二人は完全に彼女の手玉に取られていた。

「……やっぱりFクラスの実力なんて、こんなものなのかしらね。正直ガッカリだわ」

「ッ、言ってくれるな……！」

ローエンは悔しさでギリッと歯軋りする。

するとその時――

『チェルアーノ・ヤニックくん死亡、ギャレック・ドルトリーくん死亡、フィアンカ・ルフレイさん死亡！　Cクラス残り五名です！』

パウラ先生の声がダンジョン全体に響き渡る。

それを聞き、初めてエルフリーデの顔が驚きに染まった。

「――⁉　なんですって……⁉」

「ほう……エステルか、それともイヴァンとマティアスの二人がやってくれたか」

ニヤリと笑うローエン。

それは紛れもなくFクラスにとって吉報であり、Cクラスにとって凶報であった。

「俺たちも負けていられんな……この勢い、乗らせてもらう！」

奴の余裕が乱された今こそ絶好の機会！

ローエンはここが勝機と、戦斧を振るって会心の一撃を決めにいく。

「おおおおおぉぉぉッッッ！！！」

「………本当、仕方のない」

ユラリ、とエルフリーデが双剣を動かす。

次の瞬間――彼女は初めて、本気の斬撃を繰り出した。

ローエンが大振りの攻撃を繰り出そうとして生まれた隙を見逃さず、双剣による連撃を一気に叩き込んだのである。

「ぐ――お――ッ⁉」

「謝罪しましょう、Fクラスも思ったよりやるのね。もう悠長にはしていられない」

――ローエンの身体が固まり、身動きが取れなくなる。

死亡判定となったのだ。

「ローエン！　このっ……！」

すかさずクロスボウを放つラキ。

しかし彼女の放った矢をエルフリーデは容易に弾き、一瞬で間合いを詰める。

そして彼女の持つ双剣が、ラキの首筋を挟み込むようにピタリとあてがわれた。

「う……あ……っ」

「終わりね」

直接的な戦闘が不得手なラキに対し、熟練の双剣使いであるエルフリーデ。

二人の間には天と地ほども実力差がある。

双方ともそれはよくわかっていた。

「あなたを仕留めて、早くペローニに追い付かないと。彼女が心配だわ」

エルフリーデは冷たい眼差しのまま、首にあてがった双剣に力を込めようとする。

だが、

「……その心配、いらないかもね」

完全に追い詰められたはずのラキが、何故かニヤッと微笑んだ。

「え？」

「だってアンタ、ここで終わりだから◆」

「なにを世迷いごとを――」

「よく言うじゃん？　――〝暴君《ヒーロー》は遅れてやってくる〟ってさ★」

「……おい、誰が暴君《ヒーロー》だよ。この性悪猫め」

▲　▲　▲

なんか知らんけど、随分いいタイミングで辿り着いたっぽいな。

ローエンがやられて、ラキの奴もあと一歩で死亡ってとこだったらしい。

俺は別に、ラキを助けに入ろうなんて微塵も思っちゃいなかったけど。

俺が助けたいと思うのはレティシアだけだし。

この二人の組み合わせが不安だったから、遊撃手として来てみただけで。

でも――来てみて正解だな。

「さっすが私のヒーロー！　アルくんってば絶好のタイミングで来てくれるじゃん♥」

「誰がお前のヒーローだっつの。俺のお姫様《ヒロイン》はレティシアだけだって言ってんだろーが」

「……そう、あなたがアルバン・オードラン男爵……」

ラキの首に剣をあてがっていた双剣の女は、ゆっくりとラキから剣を離す。

そして俺の方へと歩いてくると、

「ヨシュアが言っていたわ。Ｆクラスではあなたが抜きん出て強いはずだって」

「ああ、まあそうだな」

「……私はエルフリーデ・シュバルツ。同じ武芸者として――お手合わせ願えるかしら」

双剣を構えるCクラスの女生徒《エルフリーデ》。

……ふーん、なるほど。

ちょっとはできる・・・みたいだな。

立ち姿で十分わかる。

ヨシュアほどじゃないが、コイツも強い。

おそらく剣の実力だけならCクラスナンバー2だろう。

二人を圧倒するだけのことはある。

むしろローエンとラキって組み合わせで、よく今まで持ち堪えたって感じか……。

――あ、そういえばレティシアが言ってたな。

〝王《キング》〟としての自覚を持つなら、頑張った部下はちゃんと褒めなさいって。

「……ラキ、ローエン」

俺もゆっくりと剣を構え――

「今までよく持ち堪えた。後は俺に任せろ」

エルフリーデと相対する。

さて……お手並み拝見といくか。

「では……いざ尋常に――」

お互いに、ジリジリと靴底で地面を踏み締める。

斬り込む際に踏み付ける地面、その理想的な足場を無意識に探すように。

そして――

「勝負ッ！」

――雷が地面を這うかの如き凄まじい速度で、互いの一閃が交差した。

まさに刹那の出来事。

すれ違い様に繰り出される刃と刃。

勝負は、ほんの一瞬だった。

さっきまでの両者の位置が入れ替わるように、俺とエルフリーデは互いに背中を向け合う。

「ど……どっちが勝ったの……？」

瞬刻の攻防を目で追えなかったらしいラキは、ゴクリと息を呑む。

――残心。

俺もエルフリーデも、時間が止まったかのようにピクリとも身体を動かさない。

だが――先に残心を解いたのは俺の方だった。

「……悪くなかった。だが主人公《レオニール》ほどじゃないな」

「バ……バカな……っ」

「レオニールの強さが十なら、お前はせいぜい八……いや七だな。俺の敵じゃない」

死亡判定となって動けないエルフリーデに対し、俺は剣を鞘に納めながら言う。

はい終了。

俺の勝ち。

「す――すっごーいッ！☆　アルくん最強！　流石Ｆクラスの〝王《キング》〟ッ！♡！」

両手を広げ、ダッ！　とダッシュで抱き着こうとしてくるラキ。

俺はそれをヒョイッと回避する。

「触んな。俺に触っていいのはレティシアだけだ」

「んもー、相変わらずイケずなんだから～♠」

「一途って言えよ。それじゃ、俺はもう行くからな」

動けなくなったローエンの肩をポンと叩き「お疲れさん」と労いの言葉をかけ、俺はこの場を後にする。

「さぁて……この後は、レティシアとの楽しい〝デート〟の時間だな」

俺は口元に不敵な笑みを浮かべる。

まるで悪役のように。

その直後、ローエンとエルフリーデの死亡判定を伝えるパウラ先生の声がダンジョン全体に響いたのだった。

乙女の夢と希望を守るため

「死いいいいいいいいいぃぃぃねえええええええぇぇぇッッッ！！！」

悪鬼の如く目を血走らせ、ペローニに吶喊するカーラ。

——許せなかった。

断固として許せなかった。

自分の推しが、自分の書いた作品が、なにより自分が本当に〝好き〟と言えるコンテンツが、まるで汚物のように蔑ろにされたのが。

ペローニが口にした言葉は、カーラにとって宣戦布告と同義であった。

ならば後はシンプル。

全面戦争あるのみ。

殺すか殺されるか。

滅ぼすか滅ぼされるか。

乙女コンテンツを愛する陰《いん》の者として、奴だけは生かしておけない。

アルバンくんとレティシアちゃんの幸せ……。

そして自分の書いた作品を愛してくれる、同じ陰《いん》の世界に生きる者たち……。

その全ての夢と希望を背負って、この悪しき陽《よう》の者を、討つッ！

――と決意を固め、ペローニ絶対殺すウーマンと化したカーラ。

あまりにも鬼気迫る彼女の様子にペローニもたじろぎ、

「あーもう！　――〔クアンタム・ステルス〕！」

すかさず魔法を発動。

刹那――まるで空気に溶け込むかのように、カーラの目の前からペローニが姿を消した。

「！　消えた……!?　どこへ……!?」

カーラの足が止まる。

唐突にペローニを見失ってしまい、その姿を捜すが、周囲に人影はまるでない。

どこへ行った……？　とカーラが周囲を見渡していると、

『えいっ』

コツン、と小石がカーラの頭に当たる。

小石は軽く、それ自体は全くダメージにならない程度ではあったが――カーラはなんだか激しくムカついた。

『やーいバーカバーカ！　アンタみたいにヤババな陰キャとなんて、戦ってらんないもんね！』

「……〝不可視〟の魔法……か」

『正解～！　どーよ、アタシの魔法ってば超密偵《スパイ》らしいっしょ！』

身体を透明にし、相手から己を見えなくする魔法。

密偵《スパイ》の家系に生まれたペローニが最も得意とする魔法であり、彼女が潜入や単独行動を得意とすると言われる所以でもある。

当然衣服も透明になるし、彼女の身体に触れていればある程度の大きさの物まで透明にできる。

古代集落跡エリアに設置された旗くらいであれば、透明にしたまま持ち帰ることも可能だろう。

『じゃーね！　このまま旗を奪《ちょっぱ》って、おさらばいび～！』

徐々に声がカーラの付近から離れていく。

だが足音はしない。

ペローニは完全に足音を消す術を会得していた。

「させない……」

「カァー！」

ダークネスアサシン丸がバッと翼を広げ、上空へと羽ばたいていく。

「カァー！　カァー！」

「――〔影分身・乱鴉《らんあ》〕」

カーラが魔法を発動。

刹那――ダークネスアサシン丸が分裂し、大量のカラスが上空に出現した。

何百、いや、もしかしたら何千羽という数かもしれない。

上空を覆い尽くし、ダンジョンの天井が見えなくなるほどの大群。

バサバサッという羽が空を切る音、カァカァという甲高い鳴き声、それがまるで大合唱曲のように重なり合い、古代集落跡エリア全域に木霊する。

「……ダークネスアサシン丸……あの子を捜して……」

カーラが命じる。

直後、上空を飛び回っていたカラスたちが一斉に降下。

古代集落跡エリアの道という道を埋め尽くすように飛び回り、廃墟の中にまで入って行く。

その光景は、まるでカラスの洪水が町に流れ込んでいくかのようだ。

『『『カァー！　カァー！』』』

『『『カァー！』』』

するとき複数のカラスたちが、なにもない道の真ん中で〝見えない何か〟にぶつかる。

『うひょわ⁉　な、なに⁉　痛だだだ！　や、やめろってば！』

カラスたちは〝見えない何か〟をすぐに取り囲み、鋭いクチバシで啄《ついば》みはじめる。

まるで「ここにいたぞ！」と主に伝えるように。

「……そこか」

瞬時に移動するカーラ。

スチャッと苦無《クナイ》を構え、

「……死ね」

投擲。

おそらく頭部があるであろう場所を目掛けて。

『あっぶッ！！！』

ペローニは透明な頭を下げ、ギリギリで回避に成功。

だが相変わらずカラスたちに囲まれたままだ。

『っんの……舐めんなっつーの！　――〔ホーリー・フラッシュ〕！』

事態を打開すべく、ペローニは光属性の魔法を発動。

透明な彼女の手のひらから強烈な閃光が放たれ、カーラや周囲のカラスたちは目眩ましを食らう。

「！　しまっ……！」

『『『カァーッ⁉』』』

閃光を受けるや否や、カラスの大群が一瞬にして消える。

さらにダークネスアサシン丸が地面の上にポテッと落下。

仰向けになって転がり、失神してしまった。

――カラスは非常に優れた〝目〟を持つ。

その視力は人間の数倍とも言われ、何キロも先にある小さな物体を見逃さないほどだが――それ故に弱点ともなる。

良すぎる目に強烈な閃光を浴びたダークネスアサシン丸は、意識を失ってしまったのだ。

『アハハ！　カラスの弱点くらい、密偵《スパイ》なら心得てるっつーの！』

得意気に叫ぶペローニ。

――知能が高く賢いカラスは、密偵《スパイ》の道具としてもよく用いられる。

故にペローニは、カラスの弱点が〝目〟であることを把握していたのである。

「カァ〜……」

「ダークネスアサシン丸……！」

『ふーんだ！　ざまぁみろ、このクソカラス！』

タッタッタッと一瞬足音がしたかと思うと、カーラの傍からペローニの気配が消える。

今度こそ逃走したらしい。

――透明化した身体に、〝ダークネスアサシン丸の羽根〟が一枚引っかかっていることにも気付かないまま。

「……」

ペローニを見失ったカーラは、失神した相棒をそっと抱き上げる。

「ダークネスアサシン丸……お疲れ様……。後は私たちに任せて……」

「カァ〜……」

「――〝影潜り・黒羽根渡《くろばねわたし》〟」

彼女は闇属性の魔法を発動する。

同時に、まるで水の中に沈んでいくように自らの〝影〟の中へと身体が落ちてゆく。

最後には完全に姿が消失し、その場から消え去った。

▲　▲　▲

『ハァ、ハァ……や、やぁっと旗を見つけた……』

カーラの下から逃げたペローニは、どうにか旗がある場所まで辿り着いていた。

古代集落跡エリアの中を〝不可視〟の魔法を発動させたまま、猶且つ足音を殺して移動した彼女はだいぶヘロヘロ。

だが周囲にカーラの姿はなく、旗は完全に無防備。

これを持って帰れば、もうCクラスの勝利だ。

『どちゃくそ疲れたぁ……。で、でもやっぱりペローニちゃんしか勝たん！　ってな！』

透明な姿のまま、彼女は旗へと手を伸ばす。

『にしし、Fクラスにはさっさと無様な負けを晒してもろて～――』

だが――ペローニが旗を握ろうとした時、いつの間にか引っかかっていた一枚の黒羽根が、ヒラリと落ちる。

『へ――？』

その黒羽根は地面へと落ちた瞬間、ドロリと溶けた。

溶解した黒羽根は漆黒の水溜まりとなり、ゴポゴポと滑り気のある音を立てながらどんどん大きくなっていく。

そして丁度、人間一人分くらいの大きさになった時――漆黒の水溜まりの中から、カーラが飛び出てきた。

「我が怨敵……許すまじ……！」

『ぎょえええええええええッッッ⁉』

驚きのあまり絶叫するペローニ。

そんな彼女に苦無《クナイ》を振りかぶって襲い掛かるカーラ。

ダークネスアサシン丸の羽根を媒介とし、影から影へと潜るように移動する〈影潜り・黒羽根《くろばね》渡《わたし》〉。

音もなく相手に急接近する、まさに暗殺者《アサシン》のための魔法だが……今のカーラが使うとホラーでしかない。

今の一瞬の光景だけで、ペローニは既にトラウマになりそうだった。

「ひ、ひぃぃッ！」

恐怖のあまり思わず〝不可視〟の魔法を解除し、半泣きで短刀《ナイフ》を抜き取る。

キインッ！　と噛み合う苦無《クナイ》と短刀《ナイフ》。

両者はそのまま鍔迫り合いの状態となる。

「あーもう、キモいキモい！　さっさと旗取らせろっつの、この陰キャ女ッ！」

「させない……。私は……陰《いん》の者の……夢と希望を守る……！」

カーラは絶対に退けなかった。

退くワケにはいかなかった。

ダークネスアサシン丸の無念を晴らすために——

アルバンとレティシアの夫婦生活を守るために——

自らが執筆する『アル×レティ甘イチャな二人の幸せ結婚学生生活』シリーズを終わらせないために――

そして、壁となって推しを見守る同志たちの、純真たる夢と希望を守るために――

カーラは本気で戦っていた。

己が信ずる正義のために。

両目を血走らせながら。

もっとも――旗の前でペローニを足止めできた時点で、勝利を確信してもいたが。

「フ、フン……別にいいし！　また〔クアンタム・ステルス〕を使えば、どうせアンタだけじゃ見つけられないんだから……！」

「……いいえ……旗の前で隙を見せた時点で……あなたは負けているの……」

そう言うと――マスクで口元を覆われたカーラの顔が、初めてニタリと笑う。

「……後ろの正面……だぁ～れ……？」

「は――？」

ソロリ、ソロリ、

「――――えいッ！！！」

ゴツンッ！　と鈍い音を立てて、ペローニの後頭部が強打される。

何者かが角材で殴り付けたのだ。

それも思いっ切り、全力で。

「みぎゅっ⁉」

脳天に痛烈な一撃を受けたペローニはその場に倒れ、身動きが取れなくなる。

死亡判定となったのだ。

「ご、ごめんなさい、痛かったですか……⁉　痛かったですよね……！　わ、私も殴られたことがあるので、よくわかります……！」

ペローニにトドメを刺した人物――それはシャノア・グレインだった。

彼女はレティシアの立てた作戦の下、カーラと共に旗を守る〝切り札〟の役目を任されていたのである。

「……シャノアちゃん……グッジョブ……。今のは……いい一撃だった……」

グッと親指を立て、シャノアの健闘を称えるカーラ。

「こ、これでよかったんですよね……？　うぅ、人を殴るのは抵抗あります……」

「完璧……この子《ペローニ》が〝旗を守ってるのは私《カーラ》しかいない〟と信じ込んだ……理想のタイミングだった……」

――〝最後の最後まで身を潜め、旗の前で相手が油断した瞬間を狙う〟

これはカーラとシャノアが事前に打ち合わせた作戦だった。

それが上手くいったワケであるが、ここまで見事に決まったのはカーラにとっても少し驚きであった。

「シャノアちゃん……暗殺者《アサシン》のセンスある……。卒業後、一緒にどう……？」

「い、いいいいいいえ！　結構です！　私は家業を継ぐので！」

「そう……残念……」

「と、ところで、あの、その……」

なにか言い難そうにモジモジとするシャノア。

彼女は頬を赤らめつつ、

「さ、作戦も上手くいきましたし……」

「うん……『アル×レティ甘イチャな二人の幸せ結婚学生生活』シリーズの新作……シャノアちゃんに……最初に読ませてあげるね……」

「はい……ありがとうございましゅ……」

顔から湯気を出しながら、シャノアは俯く。

——この後「できれば先生のサインもください……」と彼女がお願いしたのは、二人だけの秘密だ。

〝最凶夫婦〟

《エステル・アップルバリ視点《Side》》

「「どぅおりゃあああぁッッッ！！！」」

――――ゴシャアッ！


……ダンジョンに響き渡る、拳《おパンチ》が顔面にめり込む切ない音。

まるで雄々しく咲き乱れていた薔薇の華が、はらりと地面に落ちるかのよう。

ああ……優雅に儚く、血湧き肉躍る、そんなひと時の終わり……。

諸行無常、ですわね……。

「が……あ……ッ」

キャロルは〝肉体強化〟の魔法が解け、膝から地面に崩れ落ちます。

「い……いい〝剛拳《ゲンコ》〟だったゼ……。もう立てねぇや……」

「〝対あり〟、ですわね」

「〝応《おう》〟……俺の負けダ……」

私とのおタイマンの末、彼は全身もうズタボロ。

お顔なんて痣だらけで、使い古された打ち込み台でもここまでメタメタにはならないのではないかしら。

でも……なんだか初めて会った時より、少し漢前《おとこまえ》になられたような気もしますわね。

「そう。ではこれにて失礼致しますわ」

「……？　〝処刑《トドメ》〟を刺していかねぇのカ？」

「〝お嬢様〟にとって、真の〝剛力《おパワー》〟とは可憐さであり優雅さ……。飛び立つ白鳥跡を濁さず――勝敗の決した〝喧嘩《おタイマン》〟に茶々を入れるほど、私は無粋ではなくってよ」

ピシャリ、と言い放つ私。

――ん、決まりましたわね！

これでこそ私の目指すお嬢様！

エステル・アップルバリは優雅に去りますわー！

なんて思いつつ、キャロルに背を向けて歩き出すのですけれど――

「…………へへ、ちょい待てヤ」

フラリとよろめきながらキャロルは立ち上がり、

「やっぱ〝粋《カッケェ》〟よ、アンタ。〝敬意《リスペクト》〟ってなぁ……アンタみてーな奴に捧げるべき言葉なんだろうなァ」

まるで最後の力を振り絞るみたいに、二つの足を真っ直ぐ伸ばして大地に立ちます。

「けどよォ……俺だって、ヨシュアにこのルートを任せられたからには、情けをかけられたままハイそうですかと帰れねェ！　〝荒くれ者の意地《ツッパリ・プライド》〟ってのが、俺にもあんだヨ！」

「あなた……」

「手前《テメェ》に俺の〝心《ハート》〟がわかるなら――きっちり〝落とし前《トドメ》〟を刺してけやッ！」

…………。
……ええ、ええ。
わかります。わかりますわ。
〝友《マブダチ》〟のために体を張る、その義心。
あなたも、心の中に〝乙女〟を持っていらっしゃるのね。
認めて差し上げましょう。
キャロル・パルインス、あなたも立派な〝お嬢様〟なのだって――
ならば〝お嬢様仲間〟として、私がしてあげられることは一つ。
「……よろしくてよ。お受け取りあそばせ」
ギチッと右手の拳を握り締めます。
そして――私の〝心〟を込めた全力《フルパワー》で、キャロルをぶん殴って差し上げました。

▲　▲　▲

《ウィレーム・バロウ視点《Side》》
「ローエン・ステラジアンくん死亡！　エルフリーデ・シュバルツさん死亡！」
「ペローニ・ギャルソンさん死亡！　キャロル・パルインスくん死亡！　Fクラス残り九名！　C

クラス――残り二名です！」

実にハキハキとした様子でパウラ教員が叫ぶ。

その言葉と眼前の魔法映写装置《スクリーン》に映し出される試験経過を見て、私は――いや、この場にいるほとんどの貴族たちは唖然としていた。

自分の眼球に入って来る光景があまりにも……あまりにも信じ難いモノだったからだ。

――ああ、いや。

一人だけ、この光景を率直に受け止められている者がいる。

「クスクス……なにをそんなに驚かれていらっしゃるのですか、お父様？」

隣の席に座る我が娘《オリヴィア》が、実に自慢気な顔をして言ってくる。

「最初に言ったじゃありませんか。この試験、１００％Ｆクラスが勝つと」

「……まだ試験は終わっていない」

「では、ここからＣクラスが逆転できると」

「……」

「聡慧なお父様ならもうお気づきでしょう？　この光景が決して偶然ではなく、必然であったと」

……Ｃクラスの動き、もとより作戦が決して浅慮・迂闊だったとは思わない。

勝利の条件が相手の全滅ではなく〝旗の奪取〟であったことを考えれば、戦力を分散させたことは理解できる。

まとまって動くことで包囲・殲滅されるリスクを取るよりも、ずっと作戦の成功率は上昇するからだ。

最初に一人陽動として犠牲にしたのも悪くない。

少数の手駒で、突発的な戦いの中、咄嗟の判断が求められる——。

そんな状況の中にあって、ヨシュアは完璧な勝利を収めようとしたのだ。

おそらく私に見せようとしたのだろう。

Cクラスが完膚なきまでにFクラスを蹂躙する様を。

自分を含めた二名を自陣から動かさなかったのも、決して慢心によるものではあるまい。

それくらいの余裕を持って勝てねば、ウィレーム・バロウは認めてなどくれまい——と思っていたからだろう。

事実、確かに私は彼へ〝完全なる勝利〟を期待していた。

あの〝最低最悪の男爵〟が率いるクラス相手では、それくらいの結果を見せてもらわねば話にならない……と。

……だが、そんなヨシュアの思惑は最悪の形で裏目に出た。

全てだ。全ての面において、FクラスはCクラスを上回っていた。

作戦立案、生徒同士の連携、個々の戦闘能力——そして一体感。

理想的だ。

Fクラスは理想的な少数精鋭チームだ。

明らかに、生徒たち全員が〝一つの目標〟に全身全霊で向かっている。

だがそれは、勝利という表面上の結果に対してとは思えない。

何故あれほど結束力のある組織がつくれる？

あの〝最低最悪の男爵〟に――何故――

「お父様……今、心の中でこう思われているはずです。〝あのオードラン男爵は、本当に自分の知っているオードラン男爵なのか？〟――と」

「……」

「私も初めて彼と会った時、同じことを思いました。あまりにも噂と違うと。けれど、本質は結局〝形〟となって現れる」

「アルバン・オードラン男爵は……天性の才能を持つ名君だとでも言うのか」

「いいえ、名君というよりは〝暴君〟でしょう。それにFクラスの皆は、決してオードラン男爵のためだけに動いているのではない」

――オリヴィアよ、何故そんな目をする。

まるで――〝希望〟を見守るような目を。

「あの子たちは、オードラン男爵とレティシアの〝絆〟のために一つになっているのです。夫婦の絆という、かけがえのない愛のために」

「オリヴィア……」

「お父様だって、かつて感じたことがおありになるはず。今は亡きお母様との、夫婦の愛を」

「…………そんな昔のことは……もう、忘れてしまったよ」

「そうですか。では、あの二人が思い出させてくれるでしょう」

流し見るようにこちらを見ていたオリヴィアは、視線を魔法映写装置《スクリーン》へと戻し、

「……特にレティシアは、文句のつけようがない〝理想的な結末〟をお父様に捧げてくれるはずですわ」

▲▲▲

《ヨシュア・リュドアン視点《Side》》

——ダンジョンにパウラ先生の声が木霊する。

彼女の戦慄すら感じるほどハキハキとした明るい声が、クラスメイトたち六名の死亡判定を教えてくれる。

「…………嘘、だろ」

僕の隣で、マルタンが呟いた。

信じられない、あり得ないといった表情をしながら。

「なんでだよ……！　どうしてアイツらが、こんなあっさりと……！」

「……そうかい。悪者は結局、駆逐される運命——か」

激しく動揺するマルタンに対し、僕は思わず口元に笑みをこぼしてしまった。

一抹の不安はあったのだ。

もしかしたら――

だが、あの二人なら――

そんな考えがよぎる度に、自分で自分の心を誤魔化した。

Cクラスを、クラスメイトの皆を信じよう。

そう自分に言い聞かせて。

それにオードラン男爵とレティシア嬢は例外としても、他のFクラスメンバーにCクラスメンバーが劣るはずがない――

今日という日まで、僕が直々に彼らを鍛えてきたのだから、と。

しかし――とんだ思い上がりだったな。

「格下は僕たちの方だった。ただFクラスの一人一人が、僕ら全員より強かった――そういうことさ」

「お、おいヨシュア……」

「だがまだだ。まだ終わってはいない」

――試験の勝敗は決した。

だが、まだ戦いは終わっていない。

「まだ僕たちが残っている。そうだろ、マルタン」

「！　……ああ、そうだ、そうだったな！」

僕もマルタンも〝騎士〟という身分に生まれた。

貴族騎士と職業騎士という違いはあれど、同じ誇りと志を持つことは変わらない。

なら、僕らの取るべき行動は降伏ではない。

〝死中に活を求める〟ことだ。

「……我ら騎士二名、これより打って出る。目標は敵陣、旗の奪取。——最後まで足掻こうじゃないか」

敵陣に対しての突撃。

騎士にとってこれ以上の誉《ほまれ》はない。

軍馬があれば尚最高だったのだがな。

それに——キミもまだ終わっていないと、そう思ってるのだろう？

なあ、オードラン男爵よ。

僕とキミの決着が——まだついていないのだから。

僕とマルタンと共に、Ｆクラスが守る旗を目指して進軍を始める。

たった二人で、敗戦の軍靴の音を奏でながら。

だが——僕らが動きだした、その矢先のことだった。

「——おい、何処へ行こうっていうんだ？」

まるで示し合わせたかのように——そんな声が、僕らの前に立ちはだかった。

▲
▲
▲

「わざわざこっちから出向いてやったってのによ。すれ違ってから捜すのなんて面倒だからな」

「！　オードラン男爵……！」

俺の顔を見たヨシュアはなんとも驚いた顔をする。

そんなに意外かねぇ。

俺としては、むしろ面倒な手間が省けて楽なんだけどさ。

〝王《キング》〟が〝王《キング》〟のいる敵陣へ乗り込むのは。

「……嬉しいよ、キミの方から会いに来てくれるなんて」

「会いに行かなきゃ、どうせそっちから会いに来ただろうが。それにこの戦いは、元から俺とお前の戦いだ」

——ああ、そうさ。

Fクラス対Cクラスなんて大層な盛事になっちまったが、元はと言えば俺とお前のいざこざ。

レティシアを巡った、アルバン・オードランとヨシュア・リュドアンの争いだ。

中間試験なんてのは、バロウ公爵へ見せつける建前《デモンストレーション》でしかない。

結局、俺とお前は決着をつけなくちゃならないんだよ。

一対一、剣と剣、面と向かい合って、勝ち負けを決める。

でないと、本当は納得なんてしないだろ？

いや、できないよな。

俺も、お前も。

「………そうだね。確かに、これは一人の女性を巡った男と男の戦いだ。では――」

「ああ、ちょっと待て」

「？」

「一番大事な〝見届人〟がいなきゃ、やっぱり締まらない。……だよな、レティシア？」

「ええ――二人の戦い、しっかりとこの目で見届けさせていただくわ」

背後から聞こえてくる、我が姫君の声。

――レティシア・オードラン。

俺の妻であり、俺の愛する唯一の女性であり、俺の一番大事な人。

そんな彼女が威風堂々と、護衛の騎士《レオニール》を召し連れて現れる。

「――！　レティシア嬢……!?　キミは自陣の中で旗を守っていたんじゃ……!?」

「あら、やっぱりそう思い込んでいたのね。アルバンは私を大事にする余り、旗の傍から動かさないだろう――旗の見張り役を任されているはずだ――って」

彼女は俺の隣まで歩いてくると、

「残念ね。私は試験が開始してすぐに、レオニールを伴ってあなたたちの陣地――つまりここへ向かっていた。それから今この瞬間まで、彼と二人で身を潜めていたのよ」

「……！　そ、それじゃあキミは、ずっと僕たちのすぐ傍にいたというのか……？」

「そうよ。私とレオニールはあなたの手が届く範囲で、ただ待っていただけ。一切、なにもせずにね」

「つまり俺たちFクラスは、実質〝八人〟で旗を守ってたってワケだ。お前らCクラスよりも、さらに一人少ない状態でな」

相手より大人数で戦いに勝っても、ちっとも面白くない。

それにバロウ公爵も認めようとしないだろ？

〝勝ったのは人数が多いからだ〟なんて言われちゃ堪らん。

だからレティシアはバロウ公爵に見せつけるべく、ヨシュアの作戦を予想した上で〝理想的な勝ち方〟を考えた。

――まず一つ目、ワザと人数を減らして戦う。

というよりも〝全く戦わない人員〟を敢えて用意した状態でCクラスに勝つ。

それだけ余裕かつ完全な勝利を収めた、というアピールのためにな。

「レオもご苦労だったな。妻《レティシア》を護ってくれてありがとよ」

「礼には及ばないさ。〝王《キング》〟の剣となるのが〝騎士《ナイト》〟の役目なら、〝王妃《クイーン》〟を護るのも〝騎士《ナイト》〟の役目だ」

ニコリと笑ってレオニールは言う。

……実は、レティシアの護衛として〝なにもしない役〟を誰にするかはえらい迷った。

ホント、すっっっごく迷った。

本音を言えば俺がその役目になってレティシアと一緒にいたかったのだが、「それはダメ」と彼女に怒られてしまった。

少しでも活躍して〝オードラン男爵は噂と違う〟というところをバロウ公爵に見せないといけない、という理由で。

当初レティシアは「シャノアがいいんじゃないかしら」と言ったが、俺が断固拒否。

別にシャノアがダメというか、万々が一を考慮すれば、単独で彼女を守れる実力を持つ者でないと不安だったからである。

妻の身を案じる夫の気持ちをわかってほしいよなぁ。

夫ってのは常に妻のことを心配してるんだぞ？

本当にマジで。心の底からマジで。

……で、話し合った結果「じゃあレオニールにしましょう」ということに決定。

それはそれでなんだか不安だったが、レオの実力なら護衛という意味では満点だからな……。

それにFクラス二番目の実力者がなにもしないって点もアピールになるし……。

ま、こうしてレティシアをきちんと護衛してくれたのだから文句はないが。

ひとまず、終わり良ければ～ってな。

――次に二つ目、俺《アルバン》とヨシュアを必ず一対一で戦わせる。

それもレティシアが見届ける状況で。

取り合っている女性の目の前で、それも一対一で負けることなどあってはならない。

それこそ面子に関わる。

〝どちらが夫に相応しいのか？〟

それを決めるにあたって、これ以上シンプルな方法もない。

それにこれだけお膳立てされた状態でヨシュアが負ければ、如何にバロウ公爵と言えども考えを改めざるを得なくなるだろう。

ま、結局最後は腕っぷしってな。

ヨシュアは心の底から驚いたと言わんばかりの顔をして、

「……まさかキミたちは、最初から全て予測して……この状況まで考慮に入れて……？」

「全てが全て上手くいったのは、Fクラスの皆が頑張ってくれたからだけれど。でも――」

そっと、レティシアは俺に寄り添う。

「私たち〝最凶夫婦〟に不可能なんてない。夫《アルバン》と一緒なら、どんな苦難も完璧に乗り越えられる。

――それを証明しただけよ」

可愛らしく、美しく、それでいて不敵な笑みを、レティシアは浮かべる。

そんな彼女を見て、俺も悪役らしく口の端を吊り上げて笑った。

そんな俺たち夫婦を見たヨシュアは、

「…………ハハ、ハ……本当に、嫉妬してしまいそうだよ、キミたちには……」

呟くように、ポツリとそんなことを言った。

その姿は、どこか心が折れたようにも見えたが――

「……抜けよ、ヨシュア。それでも闘《や》うんだろ？」

「――勿論。このヨシュア・リュドアン、最期まで諦めたりはせん」

腰の鞘から剣を引き抜く。

俺も、ヨシュアも。

「マルタン、下がっていてくれ」

「あ、ああ……」

彼の腹心らしき男が下がる。

——俺とヨシュアは剣を構え、レティシアが見守る中で相対する。


「「……」」


静寂。

ほんの短い間の。

そして——俺たちは全く同じタイミングで、地面を蹴飛ばした。

俺が彼女を愛する理由

——ギィンッ！

甲高い金属音と共に、刃と刃が激しく噛み合う。

剣を振り下ろし、振り払い、振り上げ——攻撃と防御の区別が付かなくなるほど連撃の応酬を繰り広げる。

俺は初手から本気で叩き潰すつもりで斬りかかっていくが、ヨシュアはまるで臆する様子はない。

それどころか、「ほんの一瞬の隙でも見せれば喰らい尽くしてやるぞ」と言わんばかりの覇気が剣に宿っている。

その太刀筋は鋭く、重く、それでいてしっかりと俺の速さに追従してくる。

思った通り——

いや、思った以上の腕前みたいだな、ヨシュアの奴。

俺たちはギリギリと鍔迫り合いの状態になり、

「案外やるじゃねーか。腑抜けた剣を出してきたら、すぐに踏み潰してやろうと思ってたのによ」

「恐縮だな……！　だがまだまだ、こんなものではないぞ！」

キンッ！　と刃を弾いて間合いを離したヨシュアは、

「——〔フレイム・ブレイド〕」

炎属性の魔法を発動。

剣の刃が発火し、灼熱の火炎に包まれる。

剣身も一回りほど伸び、リーチが拡大。

ふーん、威力と攻撃範囲を増す魂胆ってか。

面白い。

ならこっちも、

「──〔エアリアル・ブレイド〕」

風属性の魔法を発動。

剣が風の刃をまとい、剣身《リーチ》が伸びる。

「さあ、来いよ。遊んでやる」

「では──お言葉に甘えよう！」

火炎を羽衣のようになびかせながら、舞うように斬り込んでくるヨシュア。

へえ、洒落てるな。

炎のせいでヨシュアの身体が隠れがちになり、間合いが測れない。

加えて素早い刃の動きに対して、炎が揺らめきながら尾ひれのように後から付いて来る。

そのため、どこから攻撃が飛んで来るのかかなり読みづらい。

まったく厄介だが──

「──〔エアリアル・ファング〕」

そんなもん、吹っ飛ばせばいいだけだ。

風の刃が形状を変え、〝牙〟へと変貌。

俺が剣を振るって放つと、まるで大狼が襲い掛かるかのようにヨシュアへと向かっていく。

「くっ……!?」

燃え盛る刃に喰らい付く風の大狼。

——どうしたどうした？

こんなモノで狼狽えないでくれよ。

でなきゃ——愛する妻《レティシア》に、カッコイイとこを見せられないだろうが！

「——せやぁッ！」

ヨシュアは力ずくで剣を振り抜き、風の大狼を斬り捨てる。

そして勢いそのままに、再び俺と刃を交えた。

同時に、ヨシュアの剣の炎がブワッ！　とより一層炎と熱を放つ。

「オードラン男爵……本当にキミは恐ろしいよ。少しくらい剣や炎を怖がるという気持ちはないのかな……!?」

「怖がる？　俺が怖がるのはレティシアと引き離されることだけだ」

ヨシュアの炎剣から放たれる熱波で衣服がジリジリと焦げ始め、肌が高熱に晒される。

へえ、コイツの魔力も大したものだな。

ダンジョンに魔法陣が張られてなきゃ、あっという間に肌が焼け爛れていたかもしれん。

ま、だからなんだって話だが。

「少しは……退きたまえよ……！」

「退けないね。妻が見てるからな！」

血液が沸騰を始めそうなほどの灼熱。

だが俺は口元に笑みを浮かべ、ヨシュアから一瞬も目を逸らさない。

レティシアにカッコ悪いとこ見られるくらいなら、死んだ方がマシだから。
「まっ――たく！」
剣を弾いて間合いを離すヨシュア。
同時に、左腕に魔力を溜め始める。
これは――デカいのが来るな。
「――〔ドラゴン・ブラスト〕！」
左腕から放たれる、真っ赤な放射火炎《ビーム》。
竜の息吹を疑似的に再現した、Sランクの炎属性魔法だ。
その熱波は凄まじく、放射火炎《ビーム》が通過した下の地面が溶岩のようにドロリと溶解する。
周囲の空気もクソ暑くなり、まるで火山にでもいるみたいだ。
流石だなぁヨシュア。
こんな高難易度の魔法を、まるで息をするみたく瞬時に撃ってくるなんざ。
なら、こっちも応えてやらないとな。
「――〔ダークマター・エクリプス〕」
対抗するように俺も左手に魔力を溜め、Sランクの闇属性魔法を発動。
莫大な魔力の塊を、漆黒の球に高圧縮して射出する。
――ぶつかり合う放射火炎《ビーム》と漆黒の球。
瞬間――魔力と魔力が反発し合い、眼前で大爆発が起きる。

空気ごと大気を薙ぎ飛ばし、地面を抉り取るほどの大爆発。

あまりの爆風に俺まで吹っ飛ばされそうになり、身動きが取れなくなるが――それは向こうも同じだったらしい。

爆発が止んで砂煙が晴れ、陥没跡《クレーター》を挟んで俺とヨシュアは睨み合う。

「こりゃ埒が明かないなぁ。なぁヨシュア？」

「……ああ、そうだな」

「もう面倒だからさ――次だ。次の一手でケリをつけさせてもらうぞ」

「望むところだ……」

再び剣を構える俺たち二人。

互いにタイミングを見計らうが、

「……オードラン男爵、最後にもう一度だけ聞いておきたい」

「あぁ？　なんだよ」

「キミは、何故そこまでレティシア嬢に入れ込む？　キミほどの男が、どうして一人の女性をそこまで愛するんだ？」

――意外なことを尋ねてきた。

「元々、キミたちは政略結婚で無理矢理夫婦にさせられた。本来なら互いを毛嫌いしていても不思議はない」

「……」

「キミほどの実力と才能があれば、オードラン男爵家の権威を押し上げ、国の英雄になることすら夢物語じゃないだろう」

「ああ、もしかすると可能かもな。興味ないけど」

「ソレだよ。自身の大成に目もくれず、レティシア・バロウの隣にいることに固執するのは……彼女を愛そうとするのは、何故なんだ？」

——こりゃなんだ？

俺の精神に揺さぶりでもかけてきてんのか？

少しでも取り乱させて、勝機を見出したいとか？

……いや、違うか。

ヨシュアの顔に書いてあるな。

ただ純粋に聞かせてほしいって。

そんなに聞きたいんなら——

「何故……だって？　そんなの決まってんだろーが」

キッチリ、一言で答えてやるさ。


「〝惚れたから〟——ただそれだけだよ」

俺は一切の淀みなく、そう答えてやった。

ヨシュアは数秒ほど驚いた顔をし、

「………そう、か。レティシア嬢は、それほどにいい女だったかい」

「ああ、レティシアは最高だ。世界で一番の、自慢の妻だよ」

「……ハハ、悔しいな——本当に」

——もう一度、全く同じタイミングで地面を蹴飛ばす俺とヨシュア。

一切の防御なし。

ただ相手を、一撃で相手を斬ることだけを考えた、捨て身の特攻。

レティシアが見守る中で、互いに勝負を決めに行くという意思表示だ。

どちらの剣が身体に届いても——これで終幕となる。


「「——————ッ！！」」


——刃と刃がすれ違う。

音もなく、派手な光も、飛び散る鮮血もない。

……残心。

ピクリとも動かぬ両者の身体。

しかし、

「……聞いてくれてありがとよ、ヨシュア。俺ももう一度、レティシアに心から好きだって伝えることができた」

ヒュンッ！　と剣を払い、鞘へと納める。

斬り合った後、身体が自由に動いたのは俺の方だった。

直後、パウラ先生の声が「ヨシュア・リュドアンくん死亡！」を伝えてくれた。

▲　▲　▲

『ヨシュア・リュドアンくん死亡！！！　Cクラス、残り一名です！』

「…………そんな……嘘だろ……！」

ヨシュアの敗北を目の当たりにしたCクラス最後の生き残りは、信じられないという顔で立ち尽くす。

確かコイツはマルタンとかいう名前だっけ。

ヨシュアの右腕らしいけど、コイツ一人じゃもうなにもできまい。

どうするかな、面倒だし適当にスパッとやっちまうか？

なんて思ったが、

「残るはキミだけだ」

レオニールが先に、一歩前へと出る。

「どうする？　オレでよければ相手になるが」

オードラン男爵の手を煩わせるまでもない、後始末は引き受けよう。

オレはオードラン男爵の〝騎士《ナイト》〟だからな！

――とでも言いたげな顔で、腰の剣に手をかけるレオニール。

ま、やってくれるなら任せるが。

レオニールの実力なら、１２０％負けることはないだろうから。

そんなレオニールを見たマルタンは、一瞬腰の剣に手をかけようとする。

だが結局は柄に触れず、脱力した様子を見せた。

たぶん、実力差を悟ったんだろう。

マルタンはフッと苦笑し、

「……いや、遠慮しとくよ」

「それじゃあ――」

「ああ……俺たち《Cクラス》の負けだ」

悪足掻きすることなく、敗北を認める。

次の瞬間、

『中間試験、終～～～了～～～～ッ！！！　試験結果は、Ｆクラスの勝利で～すッ！！！』

もう一波乱

「あ～終わった終わった。レティシア、見てた～？」

ツカツカと妻の下へと向かう俺。

うんうん、我ながらバチッと決めたところを見せられたと思う。

やっぱ嫁にカッコいい姿を見てもらうのは夫冥利に尽きるからなぁ。

それに、これでレティシアと別れる可能性も消え失せたし？

彼女も褒めてくれるよなぁ⁉

いや、いっそ褒めてくれなくてもいい！

喜んで笑顔を見せてくれるだけで、俺は十分幸せ！

――なんて、心の中でウキウキなステップを踏みながらレティシアの傍まで来たのだが、

「……」

そんな俺の目に映った光景は、あまりに意外なモノだった。

――レティシアは、泣いていた。

瞳の端から一滴の雫が流れ落ち、頬を濡らしている。

「レ、レティシア⁉　どうしたんだ⁉　なんで泣いて……⁉」

えっ、なに⁉

俺、なんか悪いことした⁉

なにか彼女を悲しませることしたか⁉

アレか？

ヨシュアの倒し方があんまりカッコよくなかったのかな……？

それとも最後の〝惚れたから〟って決め台詞がイマイチだった……？

でもレティシアに惚れて、今でもずっと惚れ続けてるのは事実だし……。

どうしよう、わからん……！

その他大勢の有象無象は泣こうが喚こうがどうでもいいけど、レティシアだけは泣かさないように肝に銘じてるのに……！

額から冷や汗が滝のように流れる俺。

たぶん顔色なんて真っ青だろう。

もうヨシュアと対峙した時なんかより百兆倍くらい緊張してるよ……。

「違う、違うの……ごめんなさい」

慌てて目尻を拭うレティシア。

彼女は目元をちょっとだけ腫らしながら、

「全部終わったら、なんだか安心してしまって……。まだアルバンと一緒にいてもいいんだって……」

「当たり前だろ？　俺たちはずっと一緒だ。それとももしかして、俺がヨシュアに負けるかも——なんて思ったか？」

「そういうワケでは、ないのだけれど……」

「冗談だ」

レティシアに近付き、彼女の頬をそっと指で拭く。

「俺は誰にも負けないし、何処へも行かない。ずっとキミの傍にいる」

「うん……うん」

「だから泣かないでくれ。俺が見たいレティシアの表情は、それじゃない」

「ええ、わかっているわ。……ありがとう、私の最愛の人《アルバン》」

そう言って——ようやく、彼女は笑ってくれた。

それはまさしく、俺が一番好きで、一番見たかった彼女の表情だった。

——ああ、そうだよ。

俺はキミに笑っていてほしいんだ。

レティシアには、笑顔が一番よく似合うんだから。

そして俺たちは、互いに抱擁し合う。

周囲の目なんてお構いなしに。

せっかく愛する妻を守り抜いたんだ。

ちょっとくらい愉悦に浸ってもいいだろう？

▲　▲　▲

《オリヴィア・バロウ視点《Side》》

——パチパチパチパチ

私は両手を叩いて、軽やかに拍手を送ります。

誰に対してかって？

それは勿論、魔法映写装置《スクリーン》に映るFクラスの皆——もといオードラン男爵と可愛い妹《レティシア》へ。

「最高の結末《フィナーレ》でしたわ。まるで特上の戯曲で彩られた舞台劇のよう」

本当に素晴らしかったわ。

きっとこれ以上の芸術は存在しないでしょう。

もう百点満点です。

いえ、可愛い可愛いレティシアが頑張っている時点で、百点は決まっていたのだけれどね？

オードラン男爵やFクラスの皆が、本当に色とりどりの活躍をしてくれたのだもの。

やっぱり百点じゃ足りないわ。

一億兆点くらいあげちゃおうかしら。

後でこの記録映像の複製も頂かなくっちゃ。

いっそ劇作家に頼んで本当に舞台化しちゃうのもアリかもしれませんわね。

ああ、楽しみだわ！

「いかがでしたか、お父様？　素晴らしい結末《エンディング》が見られたと思いませんこと？」

「……」

お父様――バロウ公爵は黙ったまま、魔法映写装置《スクリーン》から目を離さない。

いや――離せないのかもしれない。

「……まだ、あの二人を認めてあげられませんか？」

「私は……」

まるで魂の抜けたようなお顔で、お父様はなにか言おうとする。

――しかし、

「……いや、なんでもない。少し風に当たってくる」

フラフラとしながら椅子から立ち上がり、出口の方へと向かって行こうとする。

まったく意固地なんだから――なんて私は思いつつ、手にしていたハンドバッグから一枚の紙切れを取り出す。

そしてお父様に気付かれないよう、上着のポケットの中に忍ばせた。

――バタン、という音と共にお父様が視察会場を後にする。

「……これでいいのよね、レティシア？」

さぁて、あの子の予想通りならもう一波乱あるはずだけれど――どうなるかしらね？

▲　▲　▲

視察会場を出て、屋外に面する渡り廊下をヨロヨロと歩くバロウ公爵。

周囲に人影はなく、風がザアッと吹く音だけが静かに鳴っている。

「まさか……オードラン男爵が、あれほど……」

彼はうわ言のように呟く。

そんな時、

「……もし、そこの貴紳様」

誰かが、バロウ公爵を呼び止める。

「なんだか具合が悪そうでありますなぁ。小生でよろしければ、手をお貸ししましょうか？」

「いや……結構だ。少し眩暈がしただけ――」

バロウ公爵は顔を上げ、親切にも声を掛けてくれた男子学生らしき人物を見る。

と同時に、口から出掛けていた言葉が途切れるほど驚かされた。

何故なら――その男子学生は、あまりにも不気味な〝道化師の仮面〟で顔を覆っていたからだ。

「そう遠慮されますな。なぁに、あなた様には……少しばかり〝餌〟になっていただくだけでありますよ」

▲　▲　▲

中間試験を終えた俺は、ひたすらレティシアとイチャイチャしながら試験開始地点へと戻っていた。

ほとんど完勝って形で試験を終えたんだ。

イチャイチャしながらゆっくり戻るくらいの余韻があってもいいだろ？

俺たちの後ろにはレオニールが付いて来ているから、二人きりというシチュエーションじゃないのが残念ではあるけど。

今頃は他のＦクラスのメンバーも、開始地点に戻ってるはずだ。

このまま何事もなく終わって、バロウ公爵が俺たちの仲をすんなり認めてくれれば言うことなしなんだが――

なんて思っていた矢先、

『――あ～、あ～、マイクテストマイクテスト。聞こえるでありますかな、アルバン・オードラン男爵、それからレティシア・バロウ』

突然、ダンジョン全体に声が響いた。

それも聞き覚えのある、クソ忌々しい声が。

レオニールもすぐに気付いたらしく、

「！　この声……〝串刺し公《スキュア》〟か！」

奴の名を呼ぶ。

そう、間違いない。

この人をおちょくったような、ふざけた喋り方をするのは奴しかいないだろう。

『Cクラスへの完勝、誠におめでとうございます。実に見事な戦いっぷりでありました。そんな勝利の立役者である目障りなご夫婦に、謹んでお報せがあるでありますよ』

パチパチパチ、と拍手する〝串刺し公《スキュア》〟。

そして続け様に、

『――ウィレーム・バロウ公爵の身柄は、この〝串刺し公《スキュア》〟が預かった。奥方様の父君を無事返してほしくば、小生の要求を呑むように』

脅すように低い声で、レティシアの親父さんを拉致・監禁したとカミングアウトしてきた。

『小生の要求は一つ、アルバン・オードラン男爵の〝首〟であります。オードラン男爵の生首を用意すれば、バロウ公爵を無傷で解放すると約束しましょう』

「……ほぉ、こりゃまた大きく出たもんだな」

思わず感嘆――を通り越して呆れ果てる俺。

いやまあ、これまで〝串刺し公《スキュア》〟が起こした事件を顧みれば、これくらいはやってのけるか。

アイツのやり口から考えても、バロウ公爵の誘拐がハッタリってワケじゃないんだろうな。

相変わらず豪胆と言えば豪胆な奴。

それ以上に阿呆とも言えるが。

『制限時間は一時間。小生も魔法映写装置《スクリーン》であなた方を見ておりますから、その場で首を刎ねてもらえば結構。では、良いショーを期待しておりますぞ』

――ブツッ、と音声が切れる。

やれやれ、面倒くせぇなぁ。

なんだってここまでして、俺たちに突っかかってくるのかねぇ。

ま、別にいいけど。

何度だって俺たちを引き裂こうとするなら――何度だって叩き潰すまでだ。

それに〝串刺し公《スキュア》〟の奴、勘違いしてるらしい。

バロウ公爵を人質にしたことで、自分が圧倒的有利になったってな。

だが――お生憎。

「……レティシアの予想通りになったな」

ニヤッと笑って、俺は妻に言う。

彼女も落ち着き払った様子で、

「ええ、やっぱり現れたわね。でも彼は、自分自身にとって最悪の選択肢を取ったみたい」

「バロウ公爵以外の貴族を人質にされた方が、まだよっぽど面倒だったな。で、首尾は？」

「オリヴィアお姉様に任せてあるから、心配いらないでしょう」

「そっか。じゃあ後は俺の仕事だ」

まるで〝いつも通りの夫婦の会話〟のような、予定調和と言わんばかりのノリで会話する俺とレティシア。

——彼女は、この事態を予見していた。

中間試験でバロウ公爵や他の貴族たちが学園を訪れる、そのタイミングで必ず〝串刺し公《スキュア》〟が動くはずだと。

言われてみれば確かに、俺たちを貶めるのにこれ以上の状況《シチュエーション》はないわな。

これまで起きた事件の傾向《パターン》を考えても、トラブルを起こすにはもってこいのタイミングだったし。

だからこそ——レティシアにとっては全て予想の内。

こんな事態なんて、中間試験が始まる前からとっくに想定していた。

勿論、そのための準備も。

「パウラ先生に頼んで、〝旗〟のすぐ傍に魔法陣を用意してもらっているから。魔力を通せば一瞬で飛べるはずよ」

「わかった。ちょっくら行ってくる」

「……アルバン」

「ん？」

「お父様に、よろしくね」

——お父様を、じゃないんだな。

嬉しいね。

そこまで信頼してもらえるのは。

「ああ、ちゃんとご挨拶してくるさ」

▲ ▲ ▲

「……貴様、こんな真似をしてどうなるかわかっているのだろうな」

仄暗い部屋の中で椅子に縛り付けられ、バロウ公爵は〝串刺し公《スキュア》〟を睨む。

拉致・監禁されても気高さを失おうとしないのは、流石はあのレティシア・バロウの父親だな——と〝串刺し公《スキュア》〟は感じた。

「そう怖いお顔をなされますな。そもそも、小生とバロウ公爵様の利害は一致しているではありませんか」

「利害、だと？」

「アルバン・オードランとレティシア嬢の離別——もとい破局を、あなた様もお望みだったはず」

「……」

「それにご聡明なあなた様のことだ、とうの昔に気付いておいでなのでしょう？　私の陰には貴いお方がいることを」

確信めいた口調で言う〝串刺し公《スキュア》〟。

それに対し、バロウ公爵は無言で返す。

「だからヨシュア・リュドアンにレティシア嬢を任せようとした。しかし残念無念、そのヨシュアは期待外れもいいところ……。となれば、小生が手をお貸しする他ありますまい」

「それで……オードラン男爵を殺すというのか」

「殺す？　とんでもない、彼には自死を選んでもらうのですよ。愛する妻の父親を助けるために、自分で自分の首を斬り落として……ね。最高の催し《ショー》になるとは思いませんか？」

ククク、と笑って〝串刺し公《スキュア》〟はクルクルと踊り出す。

愉快愉快、と身体で表現するように。

それを見たバロウ公爵は「フン」と鼻を鳴らし、

「悪趣味極まるな……。第三王女は、いつからこんな下郎を飼うようになったのやら」

——その言葉を聞いた瞬間、〝串刺し公《スキュア》〟の踊りがピタリと止まる。

彼は道化師の仮面で覆った顔をゆっくりとバロウ公爵へと向け、

「……幾らバロウ公爵家ご当主とはいえ、今の発言は不用意でありますな。我が主を蔑む気でありますか？」

「王家への侮辱になるとでも？　我が娘の一人さえも謀殺できない愚か者に、ヴァルランド家を名乗る資格などあるまいて」

「……貴様」

〝串刺し公《スキュア》〟の言葉遣いに殺意が宿る。

だが——その時、

『えー、校内放送、校内放送！　ウィレーム・バロウ公爵を誘拐した犯人さんへ！　私はパウラ・ベルベットと申します！』

キィーンという甲高いハウリングと共に、学園全体へ女性の声が響き渡る。

声の主はＦクラスの担任であるパウラ先生だ。

『鮮やかなお手並みでバロウ公爵を拉致したキミへ、レティシア・オードランさんから伝言です！〝今すぐお父様を解放して降参しなさい。でないと、サイクロプスよりも恐ろしい人がそっちに行くわよ〟――』

そんな伝言を聞いて、〝串刺し公《スキュア》〟はなんとも不思議そうに首を傾げる。

「サイクロプス……？　なにを突然、世迷い事を――」

『〝でもどうせ降参しないでしょうから、手早く送ってあげるわね。いつぞやにイヴァンを使って私たちを陥れた、意趣返しと思いなさい〟――だそうです！』

イヴァンを――という一言を聞かされて、ようやく〝串刺し公《スキュア》〟は勘付く。

「ま、まさか……！」

〝串刺し公《スキュア》〟はバロウ公爵の上着をゴソゴソと探り、ポケットに入れられた紙切れを見つける。

「――ッ！　これは――！」

その紙切れには、魔法陣が描かれてあった。

それもかつて――自らがサイクロプスをダンジョンの中に飛ばすために使った、〝転移魔法〟と同じ魔法陣が。

気付いた時にはもう遅かった。

〝串刺し公《スキュア》〟が破り捨てるよりも速く紙切れが魔力を帯び、紫色に発光する魔法陣を床一面に描き出す。

そして——その魔法陣の中心から、徐々に浮き出てくるように一人の男が現れた。

片手に剣を握り、全身に怠惰な雰囲気をまとった——アルバン・オードランが。

「よう……久しぶりだな、〝串刺し公《スキュア》〟」

「なっ……ど、どうして……⁉」

「お前が現れるのなんざ、レティシアはとっくにお見通しだったってこと。あの時サイクロプスを目の前に呼び出された俺とレオの気持ちが、少しはわかったか？」

冗談じゃない——

サイクロプスなんて比較にもならない脅威が、目の前に召喚されてしまった——！

道化師の仮面の下で、〝串刺し公《スキュア》〟は血相を変える。

彼はアルバンと直接対峙する準備などしてはいなかった。

まさかこんなにも早く、それも目の前に突然現れるなんて事態を想定してはいなかったからだ。

〝串刺し公《スキュア》〟はようやく全て理解する。

自分の動きは、なにもかもレティシア・バロウに読まれていたのだと。

〝餌〟に釣られたのは——己の方だったと。

慌てふためく〝串刺し公《スキュア》〟を正面に捉え、アルバンはユラリと剣を動かす。

「ボチボチお前とも決着《ケリ》をつけなきゃと思ってたからさ……ここで終わりにさせてもらうぞ」

▲　▲　▲

「オードラン男爵……！」

バロウ公爵は俺の顔を見て、〝串刺し公《スキュア》〟と同じく驚いた顔をする。

まさか俺が救助に現れるなんて、思ってもみなかったんだろうな。

「バロウ公爵……いや、義父さんと呼ぶべきですかね？　申し訳ないですけど、ご挨拶はこの後ゆっくり――」

「ッ――！」

こちらの台詞を遮って、〝串刺し公《スキュア》〟は数枚の鋭利なトランプを投擲してくる。

相変わらず奇怪な戦い方をするよなぁ、コイツは。

「人様のご挨拶を遮るとは、いい度胸だな」

俺は苦もなく剣でトランプを弾き、〝串刺し公《スキュア》〟に肉薄。

剣とトランプとの鍔迫り合いに持ち込む。

「言っとくが、逃げられるなんて思うなよ？　今日こそお前をとっ捕まえて、これまでの恨みを晴らさせてもらう」

「ク、ククク……！　本当の本当にしつこいお方だ……！」

〝串刺し公《スキュア》〟の仮面の奥から、恐怖と怯えが滲み出るのを感じる。

そんなに俺が怖いか？

そんなに俺が恐ろしいか？

あぁ、ならよかったよ。

怖くない悪役なんて、格好がつかないからな。

俺は剣を握る手にさらに力を込め、〝串刺し公《スキュア》〟を押し潰そうとする。

どうやら単純な力比べじゃや、俺の方が上らしい。

〝串刺し公《スキュア》〟は「チッ！」と舌打ちし、

「あなたといいレティシア嬢といい……どうしてとっとと破滅してくれないのでしょうねぇ……！」

「破滅？　そりゃあ無理な話だな」

ピシッ、と奴のトランプにヒビが入る。

「俺がいる限り、絶対にレティシアは不幸になんてならない。そしてレティシアがいる限り、俺は誰にも負けない」

「グ……ゥ……ッ！」

「……よくも今までレティシアを付け狙ってくれたな。今日こそ——殺す」

そう言うや否や、俺は剣を全力で振り抜いた。

真っ二つに斬り裂かれた後、粉々に砕け散る一枚のトランプ。

同時に〝串刺し公《スキュア》〟の身体にも刃が届き、肩から脇腹にかけての創傷から鮮血が飛び散る。

「ぐ——ああああぁぁぁッッッ！！！」

「……これは、ゴロツキ共にレティシアを誘拐させた分」

冷たく言い放ち、剣を構え直す俺。

〝串刺し公《スキュア》〟がバロウ公爵を監禁した部屋——つまりここには、出入り口が一つしかない。

で、当然コイツをそこへ通す気なんて俺にはサラサラないワケで。

要は逃げ場なんてないってことだ。

だから、〝串刺し公《スキュア》〟が選べる選択肢は二つに一つ。

俺と戦って惨めに死ぬか――

逃げようと足掻いて惨めに死ぬか――

そのどちらかだ。

「ハア、ハア……！　クソッ……！」

傷口を押さえながら新しいトランプを取り出す〝串刺し公《スキュア》〟。

よかった、どうやらまだ遊んでくれるらしいな。

「……これは、ライモンドを使ってレティシアを〝呪装具〟の餌食にしようとした分」

「ぎゃあぁッ！」
二、三度ほど剣とトランプを斬り交えた俺は、今度はトランプを持つ奴の右腕へと刃を滑らせる。
悪知恵に頭を働かせるのは奴の方が得意だろうが、直接剣で斬り合うことに関しては俺の方がずっと上だ。

故に――俺は蹂躙する。

「そして……これが、レティシアの親父さんを攫った分だ」

最後、俺は〝串刺し公《スキュア》〟の顔目掛けて剣を振るった。

――真っ二つに割れる、道化師の仮面。

僅かに飛沫する真っ赤な血。

シルクハットも地面へと落ち――ようやく〝串刺し公《スキュア》〟は仮面に隠した素顔を俺の前で晒した。

「こ……の……！　よくも……っ！」

「へえ、思ったより色男なんだな」

〝串刺し公《スキュア》〟の素顔は、端的に言って美男子だった。

金色の髪に金色の瞳、肌も色白で、顔つきは優男風。

なんだろ――なんとなく、レオニールに少し似ているだろうか？

あっちと比べるとだいぶ目つきは悪いが。

それに仮面を斬った拍子に顔面を斜めに切るような大きな傷ができて、色男が台無しになっている。

まあ、もう顔なんて関係ないだろうが。

どうせ、ここでコイツは死ぬんだから。

「……終わりだ、〝串刺し公《スキュア》〟」

床に片膝を突く〝串刺し公《スキュア》〟の首筋に、刃をあてがう。

そして剣を握る手に力を込め首を刎ねようとした、まさにその瞬間――

「待ちたまえ！」

バロウ公爵の声が、俺を止めた。

「え……バロウ公爵……？」

「殺してはならん。その者には、伝言を頼む必要がある」

「伝言……？」

「……オードラン男爵よ、すまないがこの拘束を解いてもらえるか？」

え？　このタイミングで？

いやまあ、レティシアの親父さんの頼みとなれば聞くけどさ……。

渋々と俺は〝串刺し公《スキュア》〟の首元から剣を引き、椅子に縛られたバロウ公爵の下へと向かう。

そしてロープを斬って彼を自由にすると、

「さて……王女の飼い犬よ、貴様には言伝を任せよう」

椅子から立ち上がり、〝串刺し公《スキュア》〟の下へと歩み寄っていく。

「帰って彼女に伝えろ。私は今日から、アルバン・オードラン男爵の擁護派へと回る――となな」

「……フッ、今更手の平を返すのですなぁ。あれだけヨシュアを気にかけておいて」

「ああ、私が間違っていた。オードラン男爵は〝最低最悪の男爵〟などではない」

ハッキリとした口調で言うバロウ公爵。

彼は〝串刺し公《スキュア》〟を見下すような目で、

「私の娘婿を殺そうとすれば、このウィレーム・バロウを敵に回すと心得よ――これも伝えておけ」

「…………その言葉、後悔しますぞ」

「後悔など、ずっと昔からし続けているとも。我が愛娘を、マウロなどという愚か者と婚約させた時からな……」

どこか遠い目をして言ったバロウ公爵は「さあ行け」と僅かに首を動かす。

それを見た〝串刺し公《スキュア》〟は実に悔しそうな顔をしながら部屋の出口へと向かい、俺たちの前から消え失せた。

「……あの、バロウ公爵――」

「そういうことだ。娘を頼んだぞ、婿殿」

人生の全てを懸けて

紆余曲折――というか面倒くせぇことが色々とあったが、中間試験は無事に幕を閉じた。

結果はＦクラスがＣクラスに完全勝利。

それを踏まえてパウラ先生をはじめ教師陣によって採点が行われ、後日ポイントの分配が行われるだろう。

バロウ公爵を誘拐した〝串刺し公《スキュア》〟に関しては、ファウスト学園長が「学園の生徒が学園内で公爵を攫うなど言語道断」と声明を発表。

犯人逮捕と再発防止の徹底を約束した――が、こんなのは舌先三寸だろうな。

バロウ公爵を攫った〝串刺し公《スキュア》〟の背後には、王家が付いている。

この国を統治するヴァルランド王家の権力は絶対。

如何にファウスト学園長やバロウ公爵と言えど、真っ向から王家に逆らうのは分が悪すぎる。

バロウ公爵が〝串刺し公《スキュア》〟を逃がしたのだって、真犯人へ脅しをかけつつ、王家との本格的な対立を避けるのが主目的だったみたいだし。

中間試験の視察に参加した貴族たちも、事を荒立てて王家に睨まれるような真似は避けるはず。

そんなワケだから、まったく阿呆らしいが――世間に向けた体裁だけ整えておいて、後は政治で解決って流れになるだろう。

顔が割れた〝串刺し公《スキュア》〟だって本当に捕まえる気があるのか怪しいな。

……まあ、次会ったら絶対に殺すが。

俺が、この手で。

王家がどうとか政治がどうとか、知ったこっちゃない。

アイツはレティシアを執拗に狙い、挙句その父親にまで手を出した。

それはつまり、アイツは俺に殺されたいってことだ。

だから今度こそ、お望み通り殺す。

絶対に。

それで王家が出張ってくるなら――滅ぼすまでだ。

なにもかも。

レティシアのために。

……ま、今はそんなことは一旦置いておこう。

全てが終わった後――俺とレティシア、そしてヨシュアとバロウ公爵は、一堂に会していた。

「バロウ公爵、ご無事でなによりです」

「うむ、心配をかけたな。私はこの通りなんともない」

バロウ公爵に怪我がなかったことに安堵するヨシュア。

続けて、

「ヨシュアよ……私に伝えることがあるのだろう？」

「……はい」

ヨシュアは頷き、小さく息を吸う。

「約束通り、このヨシュア・リュドアンはレティシア・バロウとの——いえ、レティシア・オードランとの婚約を解消させていただきます」

面と向かって、レティシアとの婚約破棄を伝えるヨシュア。

それを聞いたバロウ公爵は、フッと笑う。

「まさか本当にその台詞を聞かされるとはな……。つくづく、人生とはままならないものよ」

彼は続けて、レティシアの方を見る。

「レティシアよ。こうして直接お前と会うのも、久しぶりだな」

「ええ。お久しゅうございますわ、お父様」

「お前は変わったよ。強くなった。それと母さんによく似てきたな」

「お母様に、ですか……？」

「そうだ。お前にほとんど母の記憶はないであろうが、彼女も気高い女性だったのだよ」

思い出すように言うバロウ公爵。

その表情は、どこか憑き物が落ちたようでもあった。

「……私はお前をマウロと婚約させたことを、今でも心底後悔している。不幸な生き方しかさせてやれない、そんな人生を与えてしまったと」

「……」

「こんなのは言い訳にしかならんが……お前をオードラン男爵へ嫁がせたのも、最悪の形での破滅を防ぐためだった」

「不幸で憐れな女を演じてさえいれば、これ以上貰い お方に目を付けられることはないはずだ——そう思って、でしょう?」

「……そうだ」

「お父様は、ずっと私の身を案じてくれていたのですわよね」

「娘の心配をしない父親がどこにいる。……もっとも今日の一件で、私のそれは自己満足でしかなかったと理解させられたがな」

彼はややバツが悪そうに答えた。

ああ——やっぱりバロウ公爵は、心の中でレティシアを心配し続けていたんだな。

ヨシュアと会談した時、話を聞いて「アレ?」って思ったんだよ。

無理矢理レティシアとヨシュアを婚約させたのって、なんか利害だけって感じじゃないよなって。

ヨシュア以上に、バロウ公爵の方がレティシアを守ろうとしてるよな——って。

そもそもの話、バロウ公爵家がリュドアン侯爵家と繋がりを持つメリットはあまりない。

にもかかわらず婚約の話なんて持ち掛けたのは、リュドアン侯爵家なら少しでも王族の影響を遠ざけられると踏んだからだ。

それだけ王国騎士団の権力って強いからな。

故に周囲からなんと言われようと、婚約を強行した。

これってよっぽどレティシアを大事に思ってないとやらないだろ、絶対。

実はバロウ公爵って大概に親バカだと思う。

ただ不器用な頑固親父ではあるけど。

でも、わかりますよ……。

レティシアって可愛いですもんね……それこそ目に入れても痛くないくらい……。

うんうん、わかるわかる……。

意固地にもなっちゃうよね……。

だってレティシアだもの……。

などと一人で納得していると、次にバロウ公爵の視線は俺へと向けられる。

「バロウ家の公爵令嬢が〝最低最悪の男爵〟に嫁いだとなれば、これ以上の不幸はない。そう思っていたが――」

「お父様の目にはどうお映りになりましたか？　彼の姿は」

「……いくらなんでも、〝噂〟と違い過ぎるのではないかね？」

「いやぁ、恐縮です」

ちょっと照れる俺。

でもその後すぐに「アルバン、あまり調子に乗らないで」とレティシアに怒られてしまった。

悲しい。

「この目で直接見なければ、永遠に理解できなかったであろうが……今なら問える」

バロウ公爵は真っ直ぐにこちらを見つめ、

「オードラン男爵よ、答えてほしい。キミは我が娘を――この子を破滅と不幸から救うと、誓ってくれるか？」

俺に問う。

誓ってくれるか、だって？

そんなの――答えは一つだろう。


「誓います。俺の人生の全てを懸けて」


俺もバロウ公爵を真っ直ぐ見つめ返し、一切の淀みなく言い切る。

むしろ、俺の人生はレティシアのためにあると言っても過言じゃないんだ。

もう今更って感じだよな。

「……ああ、そうか。今ようやく、安心したよ」

とても穏やかな表情で、バロウ公爵は言う。

そしてこちらに歩み寄ってくると、手を差し出してくれる。

「婿殿よ、キミにレティシアを託す。この子を……よろしくな」

「ありがとうございます。任せてください、お義父さん」

互いに笑顔となって、ガッチリと握手し合う俺たち。

これは、バロウ公爵がようやく俺を――俺とレティシアを〝本物の夫婦〟として認めてくれた瞬間だった。

書き下ろし番外編

最凶夫婦の何気ない日常

――月曜日。

その単語を聞くだけで、多くの人間は陰鬱な気分になるだろう。

かく言う俺もその一人。

王立学園は月曜日～金曜日までの五日間が登校日であり、土曜日と日曜日が休日に設定されている。

なので今日は、休日明けの登校日ってワケで。

あ～あ、教室に登校するの面倒くせぇ……。

日曜日に戻りてぇ……。

どうしてこの世界には月曜日なんて日がやってくるんだ……。

「ふぁ～あ……もう面倒くさいから、仮病使って休もうかな……」

「こーら、なにおバカなことを言ってるの。ホラ、髪を結ってあげるからシャキッとなさいな」

怠惰全開で盛大なあくびをかます俺とは対照的に、我が愛妻レティシアは朝から実にしっかりとしている。

彼女は一足先に身支度を整え、俺の着替えまで手伝ってくれるほど。

本当によくできたお嫁さんだなぁ。

こんなお嫁さんに朝から髪を結んでもらえるなんて、俺は幸せ者だなぁ。

あ、なんだかちょっとやる気が出てきたわ。

「はい、これで結べたわよ」

「ありがとう、レティシア。うん、よし、今日も一日頑張れる気がしてきた」

「ならよかった。さ、教室に行きましょう」

一緒に肩を並べて、個別棟の部屋を後にする俺たち夫婦。

俺はこの日、少しだけ頑張れた。


――水曜日。

週半ば……平日の五日間が終わるまで、今日を含めまだ三日も残っている。

面倒くせぇ……どうして一週間は全部日曜日じゃないんだ……。

などと思っても、今日も今日とて授業は進む。

ちなみに今やってるのは歴史の授業。

だけどぶっちゃけ、かなり退屈だ。

なんでこう座学っていうのは、聞いているだけで眠くなってくるんだろうな……。

「――という流れで、こうしてヴァルランド王国が建国したワケです！　今から五百年ほど前のお話ですね！」

パウラ先生が教本を手に、ハキハキと喋りながら黒板に文字を書いていく。

しかしクルッと俺たち生徒の方へ振り向き、

「ではここで問題です！　この時ヴァルランド王国の建国を認めない国々との天下分け目の大戦争が起こったのですが、その戦いの名前はなんでしょーか！　はい、アルバンくん！」

「ん～……わからないし興味もないんで、〝王《キング》〟の特権で他の奴にパス」

「おおっと、これは堂々とした権力乱用！　むしろ清々しくて賞賛に値します！」

何故かパチパチと拍手を送ってくれるパウラ先生。

相変わらずよくわからんツボを持ってるよな、この人。

「フッ……この程度も問題も答えられないとは、〝王《キング》〟の品格が泣くぞ。オードラン男爵よ」

イヴァンがクイッと眼鏡を動かしながら、やや嘲笑気味に言ってくる。

コイツもコイツで、憎まれ口を叩くのが直らないよな。

俺は「ハァ〜」とため息を交え、

「なんだよイヴァン、そんならお前が答えろよ」

「簡単だ。第一次ゼネバトス会戦だ」

「正解です！　ではイヴァンくん、その第一次ゼネバトス会戦でヴァルランド王国を勝利に導いた英雄の名前は⁉」

「それも簡単過ぎる質問だな。名君にして戦争の達人とも称された、当時の国王——ドウエル・ヴァルランドだ」

まるで決め台詞でも吐くように、余裕たっぷりの笑みを浮かべて言うイヴァン。

しかし、

「ブッブー！　残念、外れでーす！」

「……あ、あれ？」

「実に惜しい！　ドウエル・ヴァルランドが活躍したというのは、少し古い知識ですね！　近年の研究では、彼自身は戦地に赴いていなかったとされています！　なので、これは引っ掛け問題なのです！」

「そ、そうなのか……？」

「やーい、引っかかってやんの」

不正解を出したイヴァンをさりげなく煽る俺。

イヴァンは悔しそうにするが、自信満々で外す方が悪い。

「ちなみに、本当の正解がわかる方はいらっしゃいますか⁉」

パウラ先生がＦクラスの皆に尋ねる。

すると――レティシアが手を挙げた。

「ジオール・ド・クラオン……王国騎士団の設立者にして、僅か百人の騎士で数十万の敵を討ち破ったとされる、ユーグ・ド・クラオン閣下のご先祖様に当たるお方です」

「大・正・解ッ！　素晴らしいです、レティシアさん！」

大きく拍手するパウラ先生。

それに釣られ、Ｆクラスのメンバーたちも「おお～」と感嘆の声を上げてパチパチと拍手。

俺も誇らしげに「うんうん」と頷き、

「流石はレティシアだ。可愛い上に賢い。やっぱりレティシアは最高だな」

「フフ、お褒めに与り光栄ね。……ところでアルバン、私以前から〝王《キング》〟の権力を悪用しないでって、そう言っていたわよね？」

「――え？　い、いやぁそれはぁ～その～……」

「それにヴァルランド王国の歴史にも疎いようですから……放課後、私がみっちり教えて差し上げます」

ツンとした感じで言うレティシア。

この瞬間、俺の居残り授業が確定した。


――金曜日。

この響きを聞くと心が穏やかになるよ。

面倒で面倒で面倒な平日五日間が、ようやく最終日を迎えるワケだから。

明日は土曜日。つまり学園が休み。

ようやく一日怠惰に過ごせるぞ！　ヤッター！

……と言いたいところだが、

「レティシア、明日のデートプランはどうしようか？」

お昼時――俺は愛するレティシアと共に学園の食堂でランチをつつきながら、彼女にそんなことを尋ねる。

「え？　うーん、そうね……。アルバンはどこか行きたい所はある？」

「レティシアと一緒にのんびりできる所がいいなぁ。っていうかレティシアと一緒にいられるならどこでもＯＫ。別に部屋の中でも」

「クスッ、なぁにそれ。それじゃあデートって言わないじゃない」

そうかな？

世の中にはお部屋デートって言葉があるらしいけど？

でも言われてみれば、俺とレティシアは毎日同じ部屋で過ごしてるワケだしなぁ。

そういう意味では毎日がお部屋デート状態だし、確かにデートとは呼べなくなっちゃうかも。

でも行きたい所、行きたい所かぁ……。

なんて考えていると――「あ」とレティシアが思い付いたように口を開く。

「そういえば、少しやりたいことがあったのだけれど……」

「本当か!?　レティシアがやりたいことなら俺もやりたい！　それにしよう！　決定！」

「……いいの？　でもあなたがそう言ってくれるなら、お言葉に甘えちゃおうかしら」


――土曜日。

あ～た～らし～い～朝が来た。き～ぼうの～朝～だ。

……はい、やって参りました休日の土曜。

平日五日間が終わって、ようやくの休み。

それもレティシアがやりたいことを一緒にやれるというハッピーサプライズ付き。

お陰で俺のテンションも最高潮！　……に、なればよかったんだけど。

「レティシア……なぁにこれぇ」

「なにって、バケツと雑巾とハタキよ。私は床やベッド周りを担当するから、アルバンは窓やベランダ周りをお願い」

「うん……わかった……わかったけど……本当にコレが、レティシアのやりたかったことなのか……？」

「そうよ。お部屋の大掃除。いつもは学園が雇っているハウスキーパーさんがやってくれているけれど、たまには自分たちでやらなきゃと思って」

エプロン姿で頭に三角巾を巻いたレティシアは、ふんすと腰に手を当てて言う。

――改めて言うが、俺たちが通っている王立学園は基本的に上流階級が通う貴族校だ。

なので校内は勿論、男女寮や俺たちの住む個別棟に至るまで、掃除や備品管理は全て専属のハウスキーパーがやってくれている。

貴族が部屋の掃除なんてするワケないもんな。

任意になんてしたら、あっという間に学園内はゴミ山へと変貌してしまうだろう。

故にハウスキーパーは必須なのだが――逆を言えばハウスキーパーが常に掃除をしてくれているので、校内も寮の中もピカピカで清潔に保たれている。

それは俺とレティシアが住まう個別棟も例外ではない。

だから掃除をする必要なんてないと思うのだが……。

「でもさぁ、部屋の中は十分綺麗じゃん？　わざわざ改まって大掃除なんてしなくてもいいんじゃ……」

「ダーメ、こういうのは自分の手でやることに意味があるんだから。それにハウスキーパーさんたちへの感謝にもなるでしょう？」

「うぅ……ウチの嫁がめちゃくちゃしっかりしてる上に、ヌクモリティに溢れ過ぎてる……。好き……」

天使か？

絶対天使だろ。

大天使レティシエルだろ。

ホントによくできた嫁だよ。

なんか一周回って自分が恥ずかしくなってきたわ。

「それで、アルバンは手伝ってくれるの？　くれないの？」

「そりゃ勿論——レティシアがやるなら喜んで手伝うさ」

愛する妻一人に掃除させて、その隣でゴロゴロするなど言語道断。

それにまあ、たまにはこういう休日もいいだろう。

夫と妻、二人で一緒に汗を流して部屋を掃除するってのもさ。

案外楽しそうだ。

「ありがとう、アルバン。それじゃあ手伝ってくれるお礼に、明日は城下町へ一緒にお出かけしましょうか」

「おお、やったぁ！」

――この日、俺は全力で部屋を掃除した。
そして次の日の日曜日、俺たち夫婦は楽しくお買い物をしたのだった。

書き下ろし番外編

暗殺者は尊みに飢えている

「……私は壁になりたい」

——壁になりたい。

推しを見守る壁になりたい。

遠すぎず近すぎず、適度に干渉しない距離から推しを見つめて、ただ尊みを摂取しながら雨風に晒されて風化していくだけの壁。

私はそんな存在になりたい。

「カァー！」

「そうだね……そんなことを言ってる場合じゃなかった……。今日も推しを見守る仕事をしつつ、小説のネタも仕入れなきゃ……」

私の推し……それはアルバンくんとレティシアちゃんのラブラブ夫婦。

あの二人は、尊い。

とてつもない尊みに溢れている。

私はこれまで、千万無量の恋愛小説や乙女小説を読み漁ってきたけれど……彼らよりも尊い関係の男女は見たことがない。

というより、彼ら自体が小説の中のヒーローとヒロインのようだ。

むしろ創作キャラよりも突飛なことをしているかもしれない。

まさに現実は小説よりも奇なり。

だからこそ——推せる。

推せるからこそ――私はあの夫婦を、小説化することにした。

「アルバンくんとレティシアちゃんは……見ているだけで恋愛小説が自然と書き上がる……。見てなくても……無限にインスピレーションが湧いてくる……」

私が執筆し、学園の裏でこっそりと頒布&布教している『アル×レティ甘イチャな二人の幸せ結婚学生生活』シリーズ。

今では多くの淑女たちに愛読され、常に続編を待ち望まれている。

同じFクラスのシャノアちゃんもすっかりハマってくれたし……。

恋愛小説を書くのって楽しい……フフ……。

そんなことを考えているうちに、Fクラスの教室へと到着する。

ガラガラとドアを開けると、

「……あれ？」

教室の中には、アルバンくんとレティシアちゃんの姿だけがなかった。

他の生徒の皆は揃っているのに。

「……おはよう、シャノアちゃん……アルバンくんとレティシアちゃんは……？」

「おはようございますカーラ先生――じゃ、じゃなくてカーラさん！　あ、あのお二人なら、今日はお休みらしいです」

「…………えっ？」

推しが――休み――

推しを――――見られない――――

そう理解した時、私は膝から地面に崩れ落ちた。

「あ……ああ……ッ！　酷すぎる……惨めすぎる……！　推しの尊い姿を見られないなんて……！　それも一日中……！　こんなのあんまりよッ……！」

「カ、カァー！　カァー！」

カーラ、しっかり！　とダークネスアサシン丸が呼び掛けてくれるが、私はショックのあまり痙攣を起こし目の焦点すら合わせられない。

終わりだ……この世の終わりだ……。

推しから尊みを摂取できない一日なんて、世界が滅んでいるのと同じ……。

見守る推しがいない壁なんて、ただの壁だ。いや壁以下だ。

今の私は、壁以下の価値しかない塵芥なんだ……！

「カ、カーラさん!?　しっかりしてください！　明日になったらきっとお二人とも登校されますから！」

「……ハッ！　そ、そうだ……どうしてあんなに元気な二人がお休みなの……？　も、も、もしかして二人になにかあったの……!?」

私はシャノアちゃんの両肩を掴み、グワングワンと前後に激しく揺さぶる。

もう気が気ではなかった私は、理由を聞き出さずにはいられなかった。

「はうううぅぅっ！　ゆ、ゆゆゆ揺さぶらないでくださいいいいぃぃぃ！」

「──なんかさ〜〝脅迫状〟が届いたんだって〜♠」

目をグルグルと回すシャノアちゃんに代わり、足を組んで机に座るラキちゃんが答えてくれる。

「脅迫状……？」

「そ♣　お前ら夫婦の仲を引き裂いてやるぞ〜、って手紙が届いたらしいよん◆」

「まったく、脅迫状なんてお下品ですこと！　気に入らないなら気に入らないと、正面から堂々と喧嘩を売りに行けばよろしいのに！」

プンプンと頬を膨らませ、エステルちゃんも不快そうな顔をする。

ラキちゃんは肩をすくめ、

「脅迫の手口から見て、単なるイタズラだろうってパウラ先生は言ってたけど♣　ま、念のため二人は個別棟で待機ってことで──」

「………許さない」

「はぇ……？」

「夫婦の仲を引き裂く……？　単なるイタズラ……？　そんな理由で……私は今日一日、尊みを摂取できない苦痛を強いられるの……？」

私は──許せなかった。

断固として許せなかった。

イタズラのせいで推しが登校できないのもさることながら──あまつさえ〝夫婦の仲を引き裂い

てやるぞ〟だって……？

――アンチだ。

それもかなり悪質なアンチだ。

マナーもリスペクトも、それどころかモラルすらも持ち合わせてはいない。

コンテンツが自分に合わないと思ったなら、なにも言わずにただ去るべき。

それが配慮であり礼儀であり、コンテンツとの付き合い方というモノなのだ。

そんな基本的なことすらできないのに、あまつさえ私の推しを脅迫するなど――

許しておけない。

許してはならない。

その脅迫状を書いた犯人は、私の敵だ。

いや、私たちの敵だ。

『アル×レティ甘イチャな二人の幸せ結婚学生生活』シリーズを愛してくれる、全ての読者の。

そしてなによりも、アルバンくんとレティシアちゃんという推しにとっての。

推しを見守る壁として――

二人の公認小説家として――

私は私の持ち得る全てを駆使し――敵を葬ろう。

「推し界隈のモラルは……このカーラ・レクソンが守ってみせる……！」

「カァー！」

▲　▲　▲

——私は暗殺者《アサシン》だ。

標的を見つけ、追い詰め、命を奪うのが仕事。

故に、その過程の技術として分析《プロファイリング》と追跡《トラッキング》のやり方も身に付けている。

さっそく犯人の確保&犯人への制裁のためという理由でパウラ先生から特別休暇を貰った私は、すぐに調査に取り掛かった。

まずはオードラン夫妻に送られた脅迫状を拝借し、筆跡を鑑定。

さらに『アル×レティ甘イチャな二人の幸せ結婚学生生活』シリーズの読者とのコネクションを活用し、皆から情報を収集。

怪しい人物をピックアップして、犯人像を絞り込んでいくと……すぐに目星がついた。

——王立学園一年、Eクラスに所属するマドレーヌ・ドロンと、その取り巻き二人組。

なんでも入学してすぐにレティシアちゃんに突っかかって、レオニールくんにあしらわれた過去があるとか。

元々マウロ・ベルトーリ公爵と懇意にしていた貴族家の娘みたい。

レティシアちゃんたちとは相応の因縁があるということだろう。

我が怨敵……推し界隈のモラルを守る者として、人知れぬうちに闇の中へ葬ってくれる……！

——と言いたいところだけど、パウラ先生から「うっかり殺しちゃダメですよ！」と釘を刺されてはいるし。

それにレクソン家の〝教義〟から考えても、殺しちゃうのは流石にやり過ぎかなって。

なので――私なりの制裁を加えようと思う。

「カサカサ……コソコソ……」

学園の校舎裏……そんな人影のなさそうな場所を、壁伝いに身を隠しながら進んでいく。

抜き足・差し足・暗殺者《アサシン》足……。

私はやろうとさえ思えば、気配をほぼ完全に消せる。

自慢じゃないけど、一度だけアルバンくんの背後も取れたことがあるし。

フフフ……推しを見守る壁として、これ以上の名誉はないよね……。

もっとも、お父様のように〝完璧に〟気配を消せるワケではない。

ただ少なくとも、常人では私の接近に気付くことはまず不可能だろう。

実際、この曲がり角の向こうでは――彼女たちが無警戒に話を続けている。

「クスクス……いい気味ですわ！　レティシア・バロウとアルバン・オードランは、怖くて部屋から出られないそうよ！」

「あんな手紙一つで怯えるなんて、とんだ臆病者ですわねぇ」

「ホントホント、愉快だわ～」

ヘラヘラと笑ってオードラン夫妻を嘲笑する三人組。

……マドレーヌたちが本当に犯人かどうか、その最終確認のために聞き耳を立てに来たけれど……。

「次はどんなイタズラをしてあげましょうか？　屋上からバケツで水を降らせてあげるなんてどう？」

「いいですわね、面白そう！」

「賛成！　どうせなら腐った水を用意してあげましょうよ！」

――確定だ。

マドレーヌたちが脅迫状を送った犯人で確定。

こんなに堂々と犯行を供述してくれるとは、なんと危機感のない……。

もっとも、こちらとしては手間が省けて助かるが――それはそれとして、反吐が出る。

やっぱり殺したい……殺しちゃおうかな……。

「そういえば知っていらして？　最近あの二人をモデルにした妙な小説が出回っているそうですわよ？」

「ああ、聞きましたわ～。本っ当にくだらない恋愛小説なんですって？」

「女生徒たちの間で密かな人気になっているそうですけれど、低俗ですわよね～。あんな馬鹿馬鹿しい本を読むなんて、御里が知れますわ！」

――ピクッ

「本当にねぇ。あんな汚らわしい物、私なら恥ずかしくて手にも取れませんわ」

「あ、そうだわ！　せっかくだしあの本を集めて、学園の中で燃やしてあげましょうよ！　自分たちがモデルになった小説が燃やされるなんて……どんな顔するか楽しみ！」

「いいわいいわ！　面白そう！」

――ブチンッ

…………切れた。

私の中で、なにかが、音を立てて。

今日は聞き耳を立てに来ただけのつもりだったけど……予定変更。

彼女たちは――このクズ共は、今、この場で、断罪する。

「…………誰の書いた本が、低俗だって……？」

私はユラリと上半身を揺らしながら、曲がり角から姿を現す。

「――あら？　あなた……確かFクラスの……」

声をかけられ、マドレーヌたちもようやく私の存在に気が付く。

同時に、私は押し殺していた気配を解放した。

〝殺気〟――という名の気配を。

「私の書いた『アル×レティ甘イチャな二人の幸せ結婚学生生活』シリーズが汚らわしい……？

私の書いた小説を燃やす……？　ふ……ふふ、ふふふふふ、ふざけるなよおおおぉぉ…………？」

自分の眼球が血走るのを感じる。

髪の毛が逆立ち、憤怒のあまり上半身がビクビクと小刻みに痙攣する。

私の身体は、既に臨戦態勢だった。

怒りと殺意が魔力となって全身から漏出し、まるでヘドロのように身体にまとわりつく。

今すぐにでもコイツらに報いを受けさせないと、体内を流れる血液が煮え滾って真っ黒な石脳油《せきのうゆ》に変貌してしまうのではないかとさえ思える。

それくらい、私は我慢ならなかった。

「ひっ……!?　な、なに!?　なんなのよあなた!?」

私の発するおどろおどろしい殺気に恐怖し、後ずさりするマドレーヌたち三人組。

だが私は構うことなく、ビクビクと痙攣したまま彼女たちに接近していく。

「い……いいい一億歩譲って、小説がくだらないと謗られるなら許せる……。い、一千億歩を譲って、つまらないと評されるのも許せる……。だだだ、だだ、だけど……低俗だとか、御里が知れるとか……小説を読んでくれる読者たちまで蔑まれるのは、一兆億歩譲っても許せないッ！」

許せなかった。

本当に、心から。

私の書いた小説は、確かにまだ拙いかもしれない。

つまらないと感じる人もいるかもしれない。

それはいい、仕方ない。

感じ方は人それぞれだし、事実私の筆はまだまだ未熟だろう。

だが――それでも、私の小説を面白いと言ってくれる人がいる。

作品というコンテンツを愛し、貴重な時間を費やしてまで最後まで読み、そして続きを求めてくれる人々が、確かにいる。

そんな、愛と情熱に溢れた読者の皆――

……著者の私を罵るだけなら許そう。

だが、小説を愛してくれる読者まで低俗だと罵るのは許さない。

ましてや、その読者たちが愛してくれた本を燃やすだなんて――言語道断。

「お、おおお前たちは、絶対に許さない……ッ！　今ッ！　この場でッ！　断・罪・するッ！」

戦争だ。

私は戦おう。

今、この場を死地へと変えよう。

私の推しを守るため――そして、愛する読者たちの名誉を守るために――

「ふ、ふん！　あのくだらない小説ってあなたが書いた物だったのね。バカにされたのがそんなに悔しかったのかしら？」

「私たちとやろうっていうの？　ハンッ、三人相手に喧嘩を売るなんて、おバカな子！」

「こう見えても、私たち魔法の心得があるのよ！　レティシア・バロウのついでに、あなたも虐めてあげるわ！」

威勢よく吠え、魔力を練って戦闘態勢に入る三人。

だが、

「――カァー！」

上空を旋回していたダークネスアサシン丸が、甲高い鳴き声を上げる。

同時に彼女たち目掛けて滑空。

それを見た私は魔力を練り、

「――〔影分身・乱鴉《らんあ》〕」

魔法を発動。

ダークネスアサシン丸が無数に分裂し、真っ黒な羽根を舞い散らせながらマドレーヌたちへと襲い掛かった。

「きゃあ⁉　な、なに⁉」

「カ、カラス⁉　どうして突然こんなに……⁉」

「いだだだだだッ！　や、やめて！　突っつかないでってば！」

瞬く間にダークネスアサシン丸によって攪乱される三人組。

お話にならない。やはり素人だ。

さっさと終わらせてしまおう。

「――〔影縫い・黒牢縛《こくろうばく》〕」

今度は別の魔法を発動。

すると、マドレーヌたちの身体がビタッと動かなくなる。

彼女たちの影にダークネスアサシン丸の羽根が大量に突き刺さり、影を地面に縫い付けているのだ。

これで、彼女たちはもう身動きが取れない。

「か、身体が……!?」

「これで……あなたたちは、俎上の魚も同然……」

私はユラリと身体を揺らしながら、マドレーヌの眼前まで移動。

恐怖に震える彼女とジッと目を合わせて、

「私は暗殺者《アサシン》だから……あなたたちを殺して、誰にも見つからないように証拠隠滅することなんて造作もない……」

「ヒッ、ヒィ……!」

「でも、うっかり殺しちゃダメって言われてるから……他のやり方であなたたちに天誅を加えることにする……。覚悟はい〜い……?」

私が尋ねると——校舎裏に、女子三人の悲鳴が木霊した。

▲ ▲ ▲

——数日後。

Fクラスの教室には、以前と同じようにアルバンくんとレティシアちゃんの姿があった。

「あーあ、休みも終わりか～。短いモンだったな」

「お休みじゃなくて、安全を考慮しての個別棟内待機でしょうアルバン」

「どっちでも一緒だろ？　レティシアと一緒にダラダラできる、幸せな時間だったことに変わりはないんだから」

「あら、私は一緒にダラダラして過ごすより、一緒に教室で授業を受けたりデートにお出かけしたりする時間の方が幸せに感じるけれど？」

「う……ちょっとズルい言い方……」

相変わらずお嫁さん《レティシアちゃん》に言い包められるアルバンくん。

――そんな尊い二人を、私は完全なる空気となって離れた席から見守る。

いつものように、肩にダークネスアサシン丸を乗せながら。

……想像はしていたけど、彼らは脅迫状なんて少しも怖がっていなかったようだ。

アルバンくんはむしろ貴重な休みと解釈していたくらいらしい。

彼ほどの実力があれば、犯人が誰だろうと怖がる必要ないもんね。

結果として、マドレーヌたちは二人に貴重な休日をプレゼントしただけに終わったということだ。

アルバンくんとレティシアちゃんが個別棟で待機している間に、どんな尊いやり取りがあったのか……。

妄想するだけで無限に創作意欲が湧いて来る……フフフ……。

などと思っていると、

「あ、あの、カーラさん……」

シャノアちゃんが私に話しかけてくる。

「うん……？　どうしたの、シャノアちゃん……？」

「オ、オードラン夫妻に脅迫状を送った犯人って、結局どうなったんですか……？　カーラさん、犯人を捜されたんですよね……？」

「ああ……ちゃんと見つけたよ……。でも安心して……もう二度と、あの二人に対して悪質な行為はしないと思うから……」

「え？　それはどうして……？」

「……ファンにね、なってもらったの……」

私はマスクで覆われた口元を、少しだけニヤリと歪める。

「犯人たちには……三日三晩、一睡もさせずに、真っ暗な空間で『アル×レティ甘イチャな二人の幸せ結婚学生生活』全シリーズを読み聞かせた……」

「み、三日三晩、一睡もさせずに……!?」

「そう……そんな人格矯正の甲斐あって、今はすっかりオードラン夫妻の限界ヲタクに転向してくれたよ……。あの子たちも、尊みを摂取しないと生きられない身体にしてあげたの……フフフ……」

――私はマドレーヌたち三人に、オードラン夫妻の素晴らしさを理解《わか》らせた。

コンテンツのファンを無理矢理増やすような真似は私のポリシーに反するけれど、悪質なアンチをのさばらせておくよりもずっといい。

きっと今頃も、彼女たちは小説を読み漁りながら「アル×レティ最高！」「最高に尊い！」「フヒヒ、脳汁溢れるぅ！」と叫んでいることだろう。

うんうん……アンチが減ってファンが増える……いいことだよね……。

シャノアちゃんは若干呆れた顔をしつつ、

「は、はぁ……でも犯人を懲らしめたなら、オードラン夫妻に報告しては？　カーラさんがお二人のために頑張ったということですし――」

「シャノアちゃん……いいの……」

私はフルフルと首を左右に振り、改めて推しの方を見つめる。

「……私は、遠くから推しを見守る壁であればいい……。あの二人が幸せそうにしている姿を見て、尊みを摂取できるだけで……私は十分……。ね、ダークネスアサシン丸……」

「カァー！」

あとがき

読者の皆様方にとって、悪とはなんでしょう？

ちなみに僕にとっての悪とは、妖怪スマホ隠しのことです。奴らは殲滅せねばならない……（怒）

どうもおはこんばんにちは、メソポ・たみあと申します。

祝※第二巻発売！

いやぁ、今回はレティシアが攫われて改造人間みたいにされかけたり、略奪婚されかけた結果Fクラスとcクラスが暗黒武術会みたいになったりと、大忙しでしたね。

こんな学生生活を送れたら、さぞや楽しいだろうなぁ（白目）

さてさて、第二巻の後半は主にFクラスの仲間たちにスポットが当たっておりましたが、クラスメイトたちの活躍が書けてよかったなと思っております。

個人的なお話で恐縮なのですが、少年ジャ〇プなどの漫画で描かれる〝主人公の仲間たち〟の戦闘シーンってめちゃくちゃ好きなんですよねぇ。

仲間たちが活躍する場面って、なんであんなに面白く感じるんだろう……？

ちなみにですが、Fクラスメンバーの中で書いていて楽しいと思うのは、やっぱりエステルとカーラの二人です。

僕は作品を書く上で、主人公を含め仲間たちのパワーバランスを割と意識するんですが、本作で一番（ぶっちぎりで）強いのはアルバン、二番目がレオニール、三番目がカーラ、四番目がエステル……と思っております。あくまで第二巻時点でのパワーバランスですが。

いや本当に、書いてから「あれ？　カーラ強くね？」と気付いたのは秘密……。

こういう、ぶっちぎりで強い主人公の下に集う仲間たちを考えるのって、本当に楽しい……！

え？　ところで第一巻よりもアルバンとレティシアのイチャイチャは書けたのかって？

もっと甘ラブなシーンを書くって話はどうした、ですか……？

ちゃ、ちゃんと番外編で二人の日常を書けたから……（震え声）

ともかく、そんなこんなで楽しく出せた第二巻。

読者の皆様に温かい応援を頂き、お陰様で第三巻まで発売も決定しておりますので、引き続きアルバンとレティシアの物語をお楽しみ頂ければ幸いでございます。

改めまして、どうすれば本作をより面白くできるか一緒に考えてくださった担当編集者のK様、表情豊かで生き生きとしたキャラクターたちを描いて作品を彩らせてくださったイラストレーター・カリマリカ様、そして第二巻を出版してくださったＴＯブックス様に、深い感謝を述べさせていただきます。

メソポ・たみあ

次回予告
楽しいはずの
舞踏会が大乱闘に!?
第3巻2025年発売決定!!

さすが優しい
俺の嫁
暗殺者に命を狙われても
クラスメイトを助けようとする
悪女のお人好し発動で大波乱!?
悪×悪の最凶夫婦が織りなす、
報復逆転ファンタジー、第三弾!
怠惰な悪役貴族の俺に、
婚約破棄された悪役令嬢が嫁いだら 3
最凶の夫婦になりました
メソポ・たみあ illust. カリマリカ

アニメ化決定!!!!!

にぃにとれーのおはなしだよ!

COMICS

※第5巻書影　イラスト：よこわけ

第6巻
2025年
発売!

コミカライズ大好評・連載中!

CORONA EX
コロナEX
TObooks

https://to-corona-ex.com/

最新話がどこよりも早く読める!

白豚貴族ですが
前世の記憶が
生えたので
ひよこな弟育てます

shirobuta
kizokudesuga
zensenokiokuga
haetanode
hiyokonaotoutosodatemasu

DRAMA CD

CAST
鳳蝶：久野美咲
レグルス：伊瀬茉莉也
アレクセイ・ロマノフ：土岐隼一
百華公主：豊崎愛生

好評
発売中!

シリーズ累計
50万部
突破!
（電子書籍も含む）

シリーズ公式HPはコチラ!

怠惰な悪役貴族の俺に、
婚約破棄された悪役令嬢が嫁いだら
最凶の夫婦になりました2

2024年11月1日　第1刷発行

著　者　メソポ・たみあ

発行者　本田武市

発行所　TOブックス
〒150-0002
東京都渋谷区渋谷三丁目1番1号　PMO渋谷Ⅱ　11階
TEL 0120-933-772（営業フリーダイヤル）
FAX 050-3156-0508

印刷・製本　中央精版印刷株式会社

ISBN978-4-86794-344-1